옛날 옛적에

자객의 칼날은

옛날 옛적에

자객의 칼날은

오현종 장편소설

문학동네

차례

1장

책 속에서
복수에 대한 문장을 찾는 사내

누군가를 죽이고 싶었던 적이 있다. 아니, 죽이고 싶다. 그래서 밤이고 낮이고 생각을 한다. 복수에 대하여.

어둔 밤, 나는 종종 꿈속에서 단검에 피를 묻힌다. 광대놀음을 구경하다 넋을 뺏긴 채 시장통을 지났더니, 쑥밭 위에 피로 흥건한 시체가 엎어져 있기도 하다. 이건 고작 꿈이잖아. 이게 꿈이라니 너무나 억울하고 슬픈데. 잠에서 깨어나기 싫어 어금니를 악문다. 허공에서 두건 쓴 괴한과 능공허도(凌空虛渡)의 경공을 펼치며 싸우다 눈을 뜬 새벽도 있다. 때로는 마른 우물에 거꾸러진 자가 발목과 신발만 내보이기도 한다. 나는 신발짝이나 눈구멍만 뚫린 두건을 보고도 누구의 몸뚱이인지 한눈에 알 수가 있다. 꿈속이라 그런지 내 웃음소리가 귀에 들리지는 않는다. 들리지 않아도 웃는 자가 나라는 건 자명하다.

이처럼 간절한 복수를 위해 날마다 하는 일은 다름아니라 책상다리를 하고 소반 앞에 앉아 책을 읽는 것이다. 아무 일 하지 않고 골방에 들어앉아 소일거리 책만 읽은 지 삼 년째라 말하면, 사람들은 내가 돌아버린 줄 알지만 상관없다. 어차피 복수란 남이 대신 해줄 수 있는 일이 아니니까.

끼니마다 방으로 쌀밥이며 찐만두를 들이밀던 어머니는 하나밖에 없는 아들이 앉은뱅이가 되진 않았는지 박달나무 밀대로 정강이를 쿡쿡 찔러보았다. 방물장수에게서 용한 침술사에 대한 소문을 전해 듣고 사는 곳을 미리 알아두기까지 했다. 무슨 일이든 닥치기 전에 대비해야 화를 줄일 수 있다는 것이 어머니의 신조였다.

어머니는 여각 주인인 아버지와 첫날밤을 치르자마자 그가 바람피울 것에 대비해 무당에게서 제웅을 사놓은 여자였다. 아버지가 남의 집 안방에서 밤을 보내기만 하면, 아버지 닮은 제웅의 가랑이를 바늘로 꼭꼭 찌르며 밤을 새우겠다고 겨드랑이를 꼬집었단다. 그러나 이십여 년이 넘도록 제웅이 온전한 까닭은 아버지가 다른 여자와 몸을 섞지 않았기 때문이 아니라, 낮에만 재빨리 몸을 섞었기 때문이다. 부엌일하는 어린 하녀 말로는 아버지와 정을 통하는 년이 얄궂게도 제웅을 만들어준 무당이라고 했다.

아버지가 사팔뜨기에 뱃살이 두둑한 무당을 탐할 줄 짐작도 못하고, 어머니는 이상한 낌새가 느껴질 때마다 풀방구리에 쥐 드나들듯 무당집을 찾았다. 무당은 매번 거북 껍데기로 점을 쳐보고 사방 어디에도 시앗이 없으니 걱정 말라며 부적을 써주었다. 만일 아버지가 첩년을 둔다면 옴팡눈 뒷박이마에 뱃가죽이 등가죽에 달라붙은 년일 테니, 그런 년은 집안에 들이지 말라는 경고와 함께. 복채를 내밀고 부적을 한 뭉텅이 받아온 어머니는 베개 속에도 말아넣고, 아버지의 옷을 접어둔 궤에도 쑤셔넣었다.

　—약은 고양이 밤눈 어둡다는 옛말, 헛소리가 아니죠? 사팔뜨기든 아니든 계집은 눈감으면 다 똑같다, 고 아저씨가 그랬다네요. 쌀집 주인한테.

　어린 하녀는 말끝에 얇은 입술을 반쯤 벌리고 헤실헤실 웃었다. 그녀는 비밀이라며 집게손가락을 아랫입술에 댔다 뗐으나 표정으론 어머니에게 이르길 바라는 눈치였다. 그야말로 하녀가 가장 쉽게 할 수 있는 복수일 테니. 고해바치길 바라지 않았다면, 아들인 나에게 그런 말을 속닥거리지도 않았으리라. 오른 팔꿈치 아래로 불에 덴 흉터가 선연한 하녀는, 어머니가 배신감에 악을 쓸 때 뒤돌아서서 아궁이에 삭정이를 던져넣을 것 같았다. 속았지. 속았지. 속고 살았지. 웃음이 비어져나오는 입술을 깨물고 활활 불을 땔 것 같았다.

　하녀의 기대를 들어주고 싶지 않았다. 복수가 그렇게도 쉽게 이루어지는 것이란 말이냐. 안 된다. 그렇게는 안 된다. 너는 아직 기다림을 모른다.

　기대가 어그러진 하녀는 방으로 담배와 마실 물을 넣어줄 때마다 나를 증오에 찬 눈빛으로 쏘아보았다. 나는 어쩌면 그녀가 물을 떠올 때 식은 오줌을 살살 섞을지 모르겠다고 생각했다.

　안됐지만, 하녀의 말마따나 어머니는 속지 않기 위해 두 눈을 부릅뜨고서 등뒤를 보지 못하는 반소경이었다. 밤눈 어두운 고양이였다. 그녀의 집착과 어리석음이 내 핏속에서 간지러워 사지를 뒤트는지도 모를 일이었다. 나는 몸이 간지러울 때마다 살과 피를 나누어준 어머니가 원망스러웠다.

매일 밤 꿈자리는 어지러웠으나, 낮은 간결했다. 책을 읽는 일에는 움직임이 요구되지 않았다. 나는 책 속에서 복수에 대한 문장을 찾고, 그것에 대해 오래 생각을 하고, 낮이 다 가기 전에 종이에 적어넣었다. 복수는 종이에 밀봉됨으로써 지연되는 시간을 견디고 있었다. 돌아버린 게 아니라 돌아버리지 않기 위해 선택한 인생이 바로 이런 것이라면.

*

복수란 삶을 되돌려받고 싶은 자들의 것이라고 나에게 말한 사람은 황보 남매 가운데 여동생인 정(貞)이었다.

—삶을 되돌려받고 싶지만 돌려받을 수 없는 자. 복수는 그런 자들을 위한 것이에요.

강과 사막을 지나 산과 산으로 겹겹이 싸인 골짜기에 위치한 장주사(莊周寺)에서 어린 시절을 보냈다는 황보 남매는 반년 전부터 여각에 묵었다. 장주사라는 절 이름은 들어본 적 없지만, 그런 절이 숨어 있다니 있는 줄 알 따름이다. 절에서 노승에게 무예를 배웠다는 오빠 명(冥)은 수탉이 울면 뒷산으로 올라가 내가권(內家拳)을 연마하고, 정은 술집에 나가 노래를 불렀다. 아버지는 똑같이 무위도식하는 아들을 두고도 나이 어린 여동생에게 얻어먹는 명을 손가락질했다. 좀처럼 웃는 일이 없는 정은 얼굴이 반반하긴 해도 폐병 걸린 환자처럼 창백했다.

—잠을 자다 발로 건드리면 책이 이마 위로 쏟아지겠네요.

정은 내 방문을 반쯤 열고 어둑어둑한 문지방에 걸터앉아 책더미를 올려다보았다. 좁은 방바닥 위로 책이 거름처럼 쌓여 이부자리 펼 자리만 남아 있었다.

─젖은 종잇장을 얼굴에 붙이고 자진한 사람이 있다는 글은 읽었어도, 종이 더미에 깔려 숨막힌 사람이 있다는 얘긴 못 들었습니다.

얼마 전, 책 속에서 복수를 뒤지고 있다는 말을 들은 뒤로 정은 나에게 호기심을 느낀 듯했다. 그때부터 자주 내 방에 들렀다 돌아갔다.

─문지방을 밟으면 재수가 없다더군요.

정에게 말했다.

─사람들이 오빠를 비웃는다는 걸 내가 모르는 줄 알지요?

정은 내 말엔 대꾸하지 않고, 묻지도 않은 얘기를 제가 먼저 끄집어냈다.

─남매가 아니라 화냥년과 기둥서방이라고 숙덕이는 소리도 들었어요. 하지만 우린 그런 말 안중에도 없어요. 오빠는 내가 할 수 없는 일을 해줄 유일한 사람이에요. 누구도 오빠를 대신해줄 수 없어요. 오빠는 태어날 때 안면에 피가 묻었다고 해요. 살인자가 될 팔자를 타고난 사람이지요.

여자가 말문을 열 때마다 백주(白酒) 냄새가 났다. 문가에는 등잔빛이 채 이르지 않아 정의 얼굴이 어두웠다. 차고 이지러지는 표정을 잘 읽을 수가 없었다. 문지방 위의 그녀는 빛에서 너무 외떨어져 있었다.

─불행한 운명이군요.

─아니요, 나는 그렇게 생각하지 않아요. 달리 말하면 누군가 한 명

은 꼭 죽이게 되리란 예언이지 않겠어요?

그녀의 말이 끝나기 전에 나는 주먹을 움켜쥐었다. 내 손금을 손금쟁이 앞에 내놓은 기분이었다. 날마다 종이에 적어놓는 글자들을 천장 위에 숨은 약은 쥐가 구멍으로 훔쳐 읽기라도 한 듯싶었다. 손바닥에 진땀이 났다. 정이 제 방으로 돌아가고 나면 잠자리에 들기 전 천장을 두드려봐야겠다고 마음먹었다. 기다란 작대기를 얻어다가 작대기 끝으로 툭 투둑 천장을 찔러봐야겠다고 생각했다. 놀란 쥐가 사람 소리를 내지르며 얇은 천장을 찢고 바닥으로 떨어질지 모를 일이었다.

황보 남매가 누굴 죽이려는지 모르고, 남의 복수라면 알 바 아니지만, 명이 살인자가 될 운명이란 말은 진짜인지도 몰랐다. 나무장수 말대로라면 명이 손바닥으로 장풍을 날려 아름드리나무를 뿌리째 뽑아버렸다고 하니까. 아버지는 간밤에 눈이 너무 많이 내려 여름내 뿌리에 벌레가 들끓던 나무가 쓰러진 거라고 힐난했으나, 나는 아버지보다 나무장수의 말을 더 믿었다. 아버지는 참보다 거짓을 말하는 편이 쉬운 사람이었다.

나는 책을 올려놓았던 소반을 밀어놓고 다락에서 쇠고기 육포 몇 조각을 꺼냈다. 정은 두 번 사양한 뒤 육포를 받아 손톱으로 찢어 먹었다. 딱딱하게 마른 육포를 손톱으로 쪽쪽 찢어 입속에 넣었다. 정이 육포를 좋아한다는 사실을 나는 진작 알았다. 골방에 종일 앉아 있는다고 해서 아무것도 모를 거라 짐작하면 오산이다. 나는 방안에서 반가부좌한 채 수다스런 참새들이 물어다 주는 풍문을 집어삼켰다. 내가 머무는 계단 옆 이층 방으론 아래층에서 떠드는 소리가 나무계단을 타고 기어올라왔다. 밥통 위로 풀풀 퍼져오르는 뜨거운 김처럼.

―오늘 책에서 재밌는 얘기 읽은 거 있어요?

정의 말에 나는 두루마리를 뒤적여 해 질 무렵 적은 글을 풀어 읽어 주었다.

　신포서는 산중으로 도망친 후 사람을 보내 오자서에게 "그대의 복수는 너무 심하구나. 내가 듣기로는 '사람이 많으면 한때 하늘을 이길 수 있으나, 일단 하늘의 뜻이 정해지면 사람을 무찌를 수도 있다'라고 하는데 일찍이 평왕의 신하로서 친히 북면(北面)하여 평왕을 섬겼던 그대가 지금 그 시신을 욕되게 하였으니 이보다 더 천리에 어긋난 일이 있을 수 있겠는가?"라고 전하게 하였다. 그러자 오자서는 "나를 대신해서 신포서에게 사과하고 '해는 지고 갈 길이 멀어 도리에 어긋난 짓을 할 수밖에 없었다'라고 전해주게"라고 하였다.*

―그게 다예요?
―답니다.

나는 정의 물음에 짧게 대답하면서 눈으론 줄곧 두루마리를 훑었다.

―별로 재미가 없잖아요. 제가 그보다 재밌는 얘길 들려드릴게, 한 번 들어보실래요?

정은 나지막한 목소리로 이야기를 시작했다. 나는 화로를 끌어당겨 담뱃대에 불을 붙였다. 술꾼들 앞에서 애가(哀歌)를 부르던 목소리는 퍽 듣기 좋았다. 정에게도 화로 앞으로 다가앉으라고 손짓했으나 그녀는 고개를 저었다. 자신은 어릴 적 불붙은 장작개비를 목구멍으로 삼켜 추워도 추운 줄 모른다고.

겨울밤은 이야기를 듣기에 충분할 만큼 남아 있었다. 나는 이야기가 아주 길었으면 좋겠다고 생각했다. 불붙은 장작개비가 굽이굽이 훑고 지나가는 창자만큼 길고, 또 뜨거운 이야기라면 좋겠다고 생각했다.

정이 문지방에 걸터앉아 들려준 이야기는 다음과 같았다.

*

옛날 옛적에 눈을 감고도 파리의 각을 뜨는 칼솜씨를 지닌 자객이 있었다. 그가 살의를 품고 달릴 때는 너무 빨라 그림자가 생기지 않았다.

어느 날, 그는 큰 은혜를 입은 벼슬아치에게서 모략에 능한 재상에 대한 이야기를 들었다. 재상이 헛되이 왕의 자리를 탐하고 있으니 그를 죽이지 않으면 왕이 죽임을 당할 것이다. 그런데 재상에 대한 늙은 왕의 신뢰가 돈독하니 어쩌면 좋겠는가, 라는 토로였다.

"모두가 힘을 모은다면 하나쯤 베어낼 수 있지 않을는지요."

자객의 물음에 벼슬아치는 이맛살을 찌푸렸다.

"녹슨 칼 백 자루를 드리면 요긴하게 쓰시겠소? 머리카락도 베지 못할 쇠붙이에 힘을 싣다간 도리어 내 손이 베이지 않겠소."

자객은 칠 일간 단식을 하며 면벽수행한 끝에 암살을 마음먹었다. 기다렸던 신의 계시는 들리지 않았다. 자객은 왕의 옷자락도 본 적 없고 왕을 모시는 마음가짐이 어떠해야 하는지도 알지 못했으나, 사람의 도리가 무엇인지는 알았다. 간절할 때 무엇을 받았다면, 그것을 베푼 사람에게도 간절할 때 갚아줘야 하지 않겠는가. 빚을 갚지 않는 도둑으로는 살 수 없었다. 그는, 믿고 알아준 사람이라면 기대를 저버리지 않는 게 칼 든 자의 도리라 배운 자객이었다. 자객은 들리지 않는 신의 계시 대신 사람의 도리를 따르기로 했다. 죽음이 두렵지는 않았다. 젊은 아내와 딸린 자식들의 안위를 걱정하느라 결정이 지체되었을 따름이었다.

자객은 다리를 펴고 면벽수행하던 거적 위에서 일어났다. 어지러움과 함께 눈앞으로 한 얼굴이 스쳐지나갔다. 수면에 비친 그림자처럼 흐릿한 얼굴 안에 눈알이 없었다. 기이하게 일그러진 코와 입은 그가 알지 못하는 자의 것이었다. 그렇다면 얼굴은 누구의 것인가. 곧 목이 베일 재상의 것인가. 재상의 목을 지키는 자의 것인가. 어쩌면 자신의 목을 벨 칼잡이의 얼굴인지도 모르겠다고 자객은 생각했으나, 그런 상상이 결심을 되돌려놓지는 않았다.

재상은 의심이 많은 자였다. 매일 밤 잠자리를 바꾸고, 잠들기 전에 방에서 첩을 내보내는 것은 물론, 무공이 뛰어난 고수 십수 명에게 둘러싸여 있다고 했다. 그들 중에는 바둑알로 급소를 치는 자, 백 근짜리 쌍날 창을 자유자재로 휘두르는 거한, 비파를 타서 적의 호흡을 끊고 정신을 혼미하게 흔드는 악공, 낚싯대로 적의 무기를 낚아채는 어부, 맹독 바른 화살로 눈알을 쏘는 궁수 등이 있다는 소문이었다. 재상의 목을 따는 일이 왕의 목침을 훔쳐오는 일보다 어렵다는 사실은 분명했다.

또한 재상에게는 그보다 심성이 더 간교한 의붓아들이 있었다. 그가 이웃나라에서 데려온 앞 못 보는 점쟁이 노파가 재상의 액운을 미리 예언해준다고 했다. 재상의 재물로 지은 절에 스님 이십여 명을 가두어두고 만수무강을 위한 백팔배를 올리도록 시킨다는 풍문 또한 있었다.

여름밤, 이 그믐이 그의 생에서 마지막 밤이 되리란 사실을 자객은 알고 있었다. 미궁으로 들어갈 길은 있을지라도 나올 길은 없을 터이므로. 나올 길을 찾지 못한다면 손발이 묶이기 전에 자결하기로 애초에 맹세한 터였다. 그의 발이 향하는 곳이 어디인지 알고 있는 사람은 그와 벼슬아치, 단둘이었다.

벼슬아치는 자객의 용단을 치하하며 이리 털로 만든 붓을 내려주었으나, 자객은 글자를 쓸 줄도 읽을 줄도 몰랐다. 붓을 쥐어도 그것으로 옮길 수 있는 말이 없었다. 그는 오직 손에 쥔 칼을 통해서만 의지를 표명할 수 있었다. 자객의 몸과 낮밤을 함께해온 칼은 말하지 않아도 그의 마음이 가는 자리를 그보다 먼저 알았다. 몸이 움직일 방향을 맥박보다 빨리 알았다.

여름은 밤이 짧았다. 밤이 물러가기 전까지 미궁의 중심으로 육박해가야 했다. 자객은 제 이름도 쓸 줄 몰랐으나, 몸을 공중에 터럭만큼 가벼이 띄울 줄은 알았기에 겹겹이 둘러싸인 돌담을 넘고 넘고 또 넘었다. 담은 의심을 갑옷같이 껴입은 재상의 밤을 단단히 옥죄었지만 자객은 미궁 담을 넘었다. 빨리 나는 새처럼 살수(殺手)의 팔과 다리와 칼이 한몸으로 간결하게 움직였다. 누군가의 목숨을 빼앗기 위해 전진하는 자에게 머뭇거림은 허락되지 않았다.

마침내 재상의 방문 앞에 이르렀을 때, 자객의 왼쪽 귀에는 부러진 칼날이 박혀 있었다. 그의 살점은 쌍날 창에 찔려 난도질당했으며, 왼손목은 진작 달아났다. 자객은 화살 끝에 발라진 두꺼비 독이 한지에 스며들듯 어깻죽지에서 중심을 향해 파고드는 것을 느꼈다. 이제 문을 열어젖히고 재상의 목을 베면 그것으로 끝이었다.

그러나 자객은 방문을 열 수 없었다. 명이 다한 자는 재상이 아니라 바로 자신임을 직감한 까닭이었다. 그는 마지막 숨이 붙어 있는 동안 무엇을 해야 할지 알았다. 문을 열고 재상을 살해하는 일이 아니었다. 그것은 면벽수행을 마치던 아침에 이미 결정해두었던 일이었다.

자객은 그에게 남아 있는 기를 한데 모아 칼을 들어올렸다. 칼은 밖이 아니라 안으로 향하는 일이 익숙지 않았다. 그렇지만 몸을 비틀지 않으려, 떨지 않으려, 차가운 살갗을 팽팽하게 당겼다. 거칠게 베면 고통을 더하게 된다는 이치를 칼은 누구보다 잘 알았다. 어느 때보다 날을 날카롭게 세워야 했다. 칼은 그의 생에서 마지막 임무를 충실히 행할 수 있기를 소원했다. 나아갈 방향을 알고 있던 칼이 피냄새로 들뜬 어둠을 갈랐다. 자디잘게 다졌다. 칼이 나아가 좁은 길을 내는 순간엔 칼도, 그의 주인도 숨소리를 내지 않았다. 어깨가 흔들리지 않게 숨을 멈추었다. 마침내 자객과 칼은 서로의 맨몸을 마주보았다. 떨어지는 빗방울처럼 어디서 시작됐는지 가늠할 수 없는, 얇고 빠른 슬픔만이 둘 사이에 있었다.

얼굴 가죽을 순식간에 벗겨낸 자객은 피로 진득거리는 그것을 내려다보았다. 그리고 면벽수행의 끝에 눈앞을 스쳐지나간 얼굴을 발견했다. 모르는 자의 이목구비라 믿었던 안면이 실은 저 자신의 얼굴이었음을 알았다. 자객은 손에 든 가죽을 씹어 삼킨 뒤, 그제야 안심을 하고 마지막 맥박 소리에 귀를 기울였다. 칼날이 박힌 왼쪽 귓구멍 깊은 곳에서 웅웅─ 웅─ 바람 소리가 세차다 순간 간데없이 사라졌다. 제 할 일을 다 한 자객의 칼도 매끄러운 마룻바닥 위에 지친 몸을 떨궜다. 한 여인이 매일 밤 눈 코 입을 짚으며 들여다보던 얼굴은 이미 세 상에서 자취를 감춘 후였다.

상기된 어둠이 물러가고 여름 해가 성급히 뜨자마자 담장 안에서는 붉은 피가 점점이 튀었다. 간밤, 자객에게 죽임을 당하지 않고 목숨만 붙어 있던 무사들은 뎅강뎅강 목이 잘렸다. 재상의 담 안에 도둑을 물 지 못하는 개들은 필요 없었다.

재상의 의붓아들은 얼굴 없는 시체의 옷을 벗겨 거적 위에 올려놓 고 혓바닥부터 발가락 사이까지 뒤졌으나 살수의 이름을 알 수 없었 다. 이름을 알려준 건 눈 코 입이 달아난 시체가 아니었다. 그에게 암 살을 청한 벼슬아치였다. 벼슬아치는 애초에 자객의 암살이 성공하 리라 기대하지 않았다. 아니, 암살이 실패하기를 바랐다. 자객은 오직 실패하기 위해, 죽기 위해 보내진 운명이었다. 담 밖으로 피비린내가 흘러나오자마자, 벼슬아치는 기다렸다는 듯 얼굴 없는 자객의 이름 을 고해바쳤다. 살수를 보낸 자는 당연히 벼슬아치가 아니라 곽이란 관리로 정해져 있었다. 벼슬아치가 만들어놓은 교묘한 물증들은 죄다 거짓이었으나, 거짓이 백 마디이면 진실과 진배없었다. 그는 재상이 곽을 잡아들이리란 사실을 의심치 않았다. 광기에 사로잡힌 자는 누 구든 분풀이할 제물을 원하기 때문이었다. 벼슬아치로서는 출세를 가 로막은 상관을 없앨 기회였다. 왕과 다름없는 권력을 틀어쥔 재상의 은총을 얻을 지름길이기도 했다.

강한 자들은 모두 왕이 되길 꿈꾸고, 약한 자들은 모두 왕에게 사랑받길 원하는 법이지.

벼슬아치는 속으로 중얼거리며 담과 담과 담으로 밀봉된 마당을 가로질렀다. 중문간에 버려진, 사지가 찢어진 시체 위로 파리떼가 들끓었다. 벼슬아치는 형체를 알아볼 수 없는 살덩어리에 잠시 시선을 두었으나 이내 왼손으로 코를 감싸쥔 채 팔자걸음을 옮겼다. 높은 곳과 낮은 곳을 구별할 줄 모르고, 제 목숨과 남의 목숨을 가르지 못하는 천한 몸뚱이야 어차피 거름이 되고 말 거였다. 천변의 마른 풀잎처럼 가벼운 육신이니 찢어져 죽든 말라 죽든 매한가지 아니던가, 라는 생각조차 그의 미간에 길게 머무르지 않았다.

긴 시간 음지를 거쳐온 자의 이마 위로 여름볕이 뜨겁게 쪼였다. 후끈한 미궁 안의 공기가 벼슬아치의 심장을 들뛰게 했다. 벼슬아치는 발뒤꿈치를 내디딜 때마다 그에게 잘못했던 사내들의 이름을 입술에 올렸다. 이름들. 그에게 모욕을 주었던 이름들. 그 이름들을 이 여름까지만 기억하겠다고 벼슬아치는 다짐했다. 여름이 지나고 찬바람이 불 때쯤이면 사내들의 이름을 기억할 필요가 없어질 테니까. 발로 짓이겨버린 자들의 이름을 언제까지나 마음에 담아두려는 사람은 없을 것이었다. 받아야 할 돈은 잊지 않고 받은 돈은 잊어버리는 건 장사꾼이든 누구든 다를 바 없으리라고, 벼슬아치는 혼자 웃음을 지었다.

재상의 의붓아들은 벼슬아치가 대문을 빠져나가기도 전에 직접 칼잡이들을 이끌고 자객과 곽의 집에 차례로 들이닥쳤다. 벼슬아치의 말을 무조건 믿을 만큼 순진하진 않았지만, 얼굴 없는 시체보단 다져 죽일 산 몸뚱이가 필요했다. 암살을 사주한 자를 알 길이 없는바, 누구라도 잡아들이는 편이 나았다. 재상의 마음이 돌아서면 자신은 위나라의 미자하처럼 쉽게 내처지고 말 존재임을 알기에, 조바심이 났다.

자객의 집 안에는 부엌에서 연근을 조리던 자객의 아내밖에 없었다. 어린아이들은 자객의 누이가 이웃 마을 장에 데려간 참이었다. 재상의 마당으로 끌려들어간 자객의 아내는 살과 피가 식은 시체 대신, 또 누군가에게 전갈을 받고 급히 달아난 곽의 일가 대신 살점이 뜯겨나갔다. 재상은 앙다물어 벌어지지 않는 입에서 입술을 도려내고, 그러고도 분이 풀리지 않아 고기만두처럼 쪄 죽일까 팔다리를 잘라 변소에 내버릴까 고심을 했다. 그러다가 일꾼들에게 정원 귀퉁이에 구덩이를 파도록 명했다.

구덩이는 여인의 음부처럼 어둡고 깊고 좁게 파였다. 그들은 자객의 아내를 구덩이에 던져넣고, 쥐를 잡아다 풀어넣었다. 구덩이에 솜이불을 덮어 단단히 봉하였으나 여인의 비명이 온종일 뜰 안에 울렸다. 비명소리가 조금 잦아드는가 싶어 이불을 반쯤 걷어보면 다리가 사라진 반쪼가리 몸통이 바락바락 악을 썼다. 다시 이불을 덮어 가장자리를 돌로 눌러놓았다 걷어보면 동그란 머리통이 구덩이 안에서 콩콩콩 뛰어댔다. 귀기 어린 비명을 지르며 펄떡거렸다.

재상은 멈추지 않는 소리가 듣기 싫어 저녁 무렵 목청 좋은 기생들을 불러 현을 타고 노래 부르게 했다. 절세미녀가 이로 씹어 빚은 술을 마시고 취한 재상은 오늘밤부터 어제와 다른 귀신이 찾아오리란 예감에 몸을 떨면서도, 결코 그것을 발설하지 않았다. 두려움을 입으로 내뱉는 순간 액운이 발목을 베어먹을 거라 믿은 탓이었다. 그는 잠을 달게 자는 자들을 증오하기에 다른 사람들의 밤을 빼앗아버리고 싶었다. 풍악이 울리는 동안 담 안의 누구도 베개에 머리를 눕혀선 안 되었다.

어제의 귀신이나 오늘의 귀신이나 귀신은 죄다 매한가지지.

다만 오늘의 귀신은 어제의 귀신과 달리 얼굴을 모르는 존재라는 사실이 더 공포스럽게 여겨졌다.

눈 코 입이 지워진 달걀귀신

달걀

달걀

달걀

흰 달걀

잔과 잔이 부딪히는 소리 사이, 노래와 피리 소리 사이, 구덩이에서 부득부득 이 가는 소리가 비어져나왔다. 그 소리에 겁이 나 딸꾹질한 기생은 치마가 뒤집힌 채 마당으로 내던져졌다. 술상 앞에 앉아 귓구멍을 밀반죽으로 틀어막지 못하고, 머리통을 이불 속으로 감추지 못한 사내들은 기생의 치맛자락 밑으로 손을 깊숙이 밀어넣었다. 눈을 감고 몇 폭 치마 속 아득한 어둠으로 굴러떨어졌다. 그러다 재상이 비틀대며 일어나 이 삶아 죽여도 시원찮을 것들, 달걀 같은 것들, 하고 악을 쓰면 모두들 뜻도 모른 채 마룻바닥에 이마를 짓찧어댔다. 달걀처럼 흰 이마에 피가 맺힐 때까지 찧어댔다.

이윽고 동이 틀 무렵, 구덩이에서 터져나오던 악에 받친 소리가 뚝 그쳤다. 비명이 들리거나 말거나 구덩이를 빙 둘러싼 채 졸던 일꾼들은 그때야 고개를 쳐들었다. 핏발 선 눈을 비비고 달려든 일꾼들이 솜이불을 걷었더니 구덩이 속에는 통통하게 살이 올라 밖으로 튀어나오지 못하는 쥐떼와 흰 뼈들, 그리고 검고 긴 머리칼뿐이었다.

*

―어때요? 재밌는 이야기 아닌가요?

눈을 감고도 파리의 각을 뜨던 자객의 이야기를 마친 정은 허기진 사람처럼 육포를 마저 씹었다. 정의 목소리를 듣는 내내 담배를 피우고 있었던 나는 머릿속이 몽롱해서 입을 열 수가 없었다. 정의 이야기는 겨울밤 내가 꾸었던 길고 지루한 꿈을 닮았다. 어느 날 책에서 읽은, 자신을 알아준 사람을 위해 한나라 재상을 죽이고 제 얼굴 가죽을 벗긴 제나라 백정 이야기 같기도 했다.

―네…… 재밌군요.

―정말요? 정말 이 얘기가 재밌어요?

―네, 정말. 정말로.

나는 고개를 주억거렸다. 이야기가 재밌다는 말은 진심이었다. 정의 이야기는 마치 내가 지어낸 이야기, 태어날 때부터 알고 있었던 이야기 같았다.

―거짓말.

―거짓말이라니…… 그게 무슨 말입니까?

―육포가 달아요.

정은 별안간 딴소리를 했다. 역시 이상한 여자다.

―육포를 어금니로 잘근잘근 씹고 있으면 말이죠, 입 밖으로 튀어나오려던 분노가 침에 버무려져 꿀꺽 삼켜져요. 얇게 저며진 고기가

24

짜고 딱딱하게 마르기까지 얼마의 시간이 필요했을까요.

　—알 수…… 없죠.

　졸음이 와서 내 목소리가 웅웅-웅- 자객의 귓속에서 울리던 바람 소리같이 들렸다.

　—한 가지 비밀을 알려드릴까요? 오빠는 매일 아침 고깃국물에 독을 타서 마시고 있어요.

　—왜…… 죠?

　—죽지 않을 만큼만 조금씩 독을 타 마시면 나중에 누가 독살하려 해도 절대 죽지 않아요. 독약을 삼키고도 죽지 않는 몸을 갖게 돼요.

　내가 아무 대꾸도 하지 않자 정은 손바닥을 비벼 털고 문지방 위에서 일어났다. 나는 화로를 구석으로 바짝 밀어놓고, 책을 쌓고 남은 자리에 요를 깔았다. 담배를 오래 태워 방안 공기가 탁했다. 담뱃재와 사람을 태우고 남은 재가 어떻게 다른지 떠올려보려 했지만 골이 아파 아무 생각도 할 수 없었다. 방문이 닫히고, 나는 눅눅한 요 위에 몸을 눕혔다. 살이 말라 등이 배겼다. 머리 위에서 우르르르, 하고 발 구르는 소리가 들려왔다. 얇은 천장 위로 쥐새끼들이 내달리는 소리가 다부졌다.

　내가 죽으면 밤새 내 살을 파먹을 것들. 머리카락만 남기고 갉아먹을 것들.

　작대기를 구해다 천장을 두드려봐야 하는데, 몸을 일으킬 수가 없었다. 쥐들이 몰려가버린 뒤, 멀리 잦아드는 정의 발소리를 둔한 귀로 쫓았다. 디근자 복도를 지나 맨 끝 방으로 건너가는 발소리가 주사위 굴리는 소리같이 톡톡, 톡톡, 재게 들려왔다. 정이 내는 소리를 들고 있노라니, 정의 오빠는 쌓인 눈 위로 발자국도 내지 않고 달리는 고수라던데 어째서 그가 복도를 지날 때마다 타닥타닥 발소리가 울리는가, 라는 의심이 스쳐갔다. 이상한 일이었다. 정과 명 남매가 한방에서 잠을 자는 형편이니, 객들의 밥상에 반찬처럼 오르내리는 소문도 전혀 터무니없지는 않았다. 단지 방값이 부족한 탓일까. 여각에 묵는 장사꾼들은 정의 낯빛이 밤에는 허릿병 앓는 노파의 것처럼 어두웠다가 다음날 아침엔 뺨에 피를 찍어 바른 것같이 발갛게 피어오른다고 수군댔다. 정이 밤새 방중술로 명의 기를 빨아들인 까닭이라 장담한 자는 떠돌이 약장수 노가였다.

문지방으로 내려앉은 낡은 문짝이 거칠게 닫히는 소리와 함께 발소리가 멎자, 밀어놓았던 잠이 다가들었다. 구부러진 창자를 닮은 길고 긴 꿈속에서는 누구의 발소리도 들리지 않았다. 자객들은 발소리를 내지 않고, 오직 칼날과 칼날이 맞부딪치는 차가운 소리만 울려댔다.

쟁쟁—

재재 쟁—

재재재제 쟁—

여느 밤처럼 그 사이로 나지막이 '목소리'가 들려왔다. 나는 그 소리가 아주 익숙했다.

---

* 사마천, 「오자서열전」, 『사기열전 上』, 정범진 외 옮김, 까치글방, 1995, 51쪽.

/ 2장 /

이야기들

ㄱ. 재상의 의붓아들

아버지는 미궁의 밤을 두려워했다. 그래서 매일 아침 나는 어둠을 기다린다.

아버지의 재물로 지어진 절에서는 고승들이 염(焰)나라 재상의 만수무강을 위해 번갈아 백팔배를 올렸다. 산속에 갇힌 지 이 년째인 그들이 과연 축수하고 있는지 비명횡사를 염원하고 있는지 의문스러울 때가 있다. 멀리서 아우성치는 염불 소리가 담 안으로 넘어오진 않아도 아버지는 어쩌면 그 때문에 잠을 이루지 못하는지 모르겠다. 장수를 빌든 단명을 소원하든 밤잠을 쫓으며 그를 간절하게 생각하는 사람들이 있다면 어떻게 잠자리가 어지럽지 않을 수 있을까. 아버지는 한 번도 밤이 두렵다고 말한 적 없지만, 틀림없는 일이다.

여름은 밤이 짧다. 그래서 나는 여름이 오자마자 서리가 내리기를 바랐다. 겨울은 아직 멀고, 어둠은 오늘도 야속하게 쉬이 내려오지 않았다.

지난겨울부터 아버지는 매일 밤 방을 바꾸어 잠자리에 들었다. 낮이 물러가기 시작할 무렵부터 끌어안고 있던 첩도 밤이면 문밖으로 내보내졌다. 재상¹이 눈감고 있는 동안 옆을 지킬 수 있는 사람은 아무도 없었다. 아버지는 제 손과 입조차 믿지 못하기에 어느 누구도 믿지 않았다. 미궁처럼 지어진 집 안에서 마흔 칸의 방 가운데 그가 어느 방에 들지 미리 아는 사람은 그뿐이었다.

그 밤, 홀로 누운 재상은 홑이불을 쑤석거리다 몇 번이고 마른기침을 내뱉을 것이다. 문밖에서 밤을 새우는 백 근짜리 쌍날 창을 든 거한과 두꺼비 독 바른 화살을 멘 궁수, 비파를 무기로 든 악공 들에게 밖에 누구 없느냐고, 어디서 아기 울음소리가 들리지 않느냐고, 발작하듯 묻기도 할 것이다. 그가 잠을 이루지 못하는 시간, 달게 자고 있는 자들을 모두 질투하기에 한밤에 만두를 빚어오라 시키기도 할 것이요, 노루를 잡아오라고도 할 것이다.

납득할 수 있는 일만 명한다면 그것은 권력이 아니다. 납득할 수 없는 일을 하게 만드는 게 권력이라는 것을 나는 아버지를 통해 배웠다.

그러나 잠시 들어선 꿈속에서 그는, 염국의 왕을 대신해 수천 명의 살을 찢어발긴 뒤 왕보다 더한 권세를 부리는 재상이 아닐 것이다. 그의 꿈은 복수를 저버리지 못하는 귀신들이 번갈아 드나드는 자리일 것이다. 아버지가 죽어버리면 복수 또한 이루어지지 않은 채 끝나버릴 것이다. 고집스러운 영혼들을 가엾게 여긴다면 고승들의 기원으로 아버지가 오래 살기를 바라야 할 것이다. 귀신들의 벼린 칼날에 차례로 베어져도 백번 목을 붙여 되살아나기를 바라야 할 것이다.

또다시 밤이 긴 계절이 다가오면 미궁 안의 방은 일흔 칸으로 늘어날지 모르겠다.

ㄴ. 재상
—귀신에게 다리를 베어먹히는 사내

재상은 아침밥을 들면서 혼잣속으로 잠자리를 정했다. 저녁상을 물리면서는 마음을 바꾸었다. 아침에 정해놓았던 방에 그대로 자리를 까는 일은 위험하다고 생각했다. 베개 놓을 방을 아는 사람이 저 혼자라도 그랬다. 제가 아는 일이라면 귀신도 능히 알리라고 믿었다. 아침에 잠들 방향을 점찍어두었다가 솥뚜껑을 바꿔 덮듯 순식간에 바꾸어야 귀신을 속일 수 있으리라 재상은 믿었다.

그러나 그런 믿음은 매번 헛되었다. 저승 문턱까지 갔다가 목소리와 그림자를 볼모로 잡히고 돌아나온 귀신들은 어리석지 않았다. 속지 않았다. 귀신들은 사지가 썩은 뒤로도 완전히 사라지지 않은 질긴 자들이었다. 뼈 부스러기처럼, 술 찌꺼기처럼 남은 복수심을 되새김질하여 연명하는 것들이었다. 그들은 삶과 죽음을 두루 경험한 만큼 노회했다.

귀신이 이불 밖으로 드러난 맨발을 더듬을까봐, 재상은 한여름에도 홑이불을 발끝까지 꼭꼭 뒤집어썼다. 땀을 뻘뻘 흘렸다. 이불 바깥으로 발가락이 나와서는 안 되었다. 재상은 귀신에게 발을 베어먹히지 않으려 이불을 뒤집어썼지만, 본의 아니게 그것이 귀신들을 불러들였다. 이불 밑에 납작 숨으면 숨을수록 땀이 났고, 땀냄새가 악귀들을 불렀다. 숨어 있는 방으로 그들을 인도했다. 코가 문드러져 콧구멍이 하나인 귀신조차 냄새는 잘도 맡았다. 귀신들의 손을 타지 않으려 몸을 감출수록 재상은 불리했다. 초를 켜지 않아 가죽신발 속 같은 어둠이라도 귀신은 식은땀 냄새를 맡고 문틈으로 비집고 들어왔다. 이가 뽑혀 잇몸만 남은 귀신이 이불을 들추고 재상의 복사뼈를 핥았다. 더운 피가 돌지 않는 손가락으로 발가락 새까지 살살이 더듬었다. 밤새 꿈속을 들락거리던 재상은 발가락을 베어먹히며 진저리쳤다. 목소리를 잃은 귀신들은 묵묵히 다리를 베물어 먹는 데 열중했다. 물이 많은 무를 베먹듯이 아작아작 깨물어 먹었다.

재상은 진땀을 흘리다 정강이마저 씹어 먹히고 나서야 꿈 바깥으로 빠져나왔다. 발에 쥐가 나 꿈에서 헤엄쳐나올 때마다 허우적거렸다. 눈을 뜨고 나도 어둠이 참나무 뿌리처럼 길고 질기게 남아 있었다. 해가 어둠을 베어먹고 박차오르도록 재상은 이불을 젖히지 못했다. 이불 밑으로 무릎을 만지며, 제가 떨어뜨린 머리카락 수마저 아는 귀신들을 증오했다. 숨도 안 붙은 망령들을 막아서지 못한 무사들을 힐난하고, 제 눈동자에 핏발이 서기 시작할 때에야 단잠에서 깨어날 자들을 질투하고, 아무것도 한 일 없는 주제에 손에 피를 묻히지 않았다는 이유만으로 극락 가길 소망하는 자들을 비웃었다. 악귀의 두 눈을 파잡아먹었다는 종규(鍾馗)를 그려 방마다 붙였건만 귀신을 쫓지 못하

는 것은 성심을 다하지 않은 화공 탓이라며 이를 갈았다. 화공은 진작
붉은 물감에 코와 입이 막혀 죽었지만, 죽은 자라고 용서될 일은 아니
었다. 원망의 대상이 사라져도 원망은 온전히 남았다. 다져 죽일 몸뚱
이가 한둘이 아니라서 재상은 동트기 전에 고기만두로 기력을 얻어야
했다. 잘 벼린 식칼로 송송 다진 소를 넣은 만두를 먹고 원기를 회복해
야 했다. 땀 흘린 몸을 보전해야 했다. 다가올 긴 밤에 대비해야 했다.
 무엇보다 그에겐 밤에 신고 잘 버선을 짓는 일이 시급했다. 버선은
목이 좁아 잘 벗겨지지 않게 지어야 했다.

ㄱ. 재상의 의붓아들

증오하면서 재상 옆에 붙어 있는 까닭이 무엇이냐고 내게 물은 사람은 재상의 아홉번째 첩ᴰ인 심연(沈淵)이었다. 말을 할 수 없는 그녀는 종이에 검은 먹물로 써서 물었다.

과거 그녀는 열여섯 살에 미궁 안쪽 방을 차지하고 앉았는데, 네번째 첩의 투기로 혀가 잘려나갔다고 들었다. 희고 큰 젖가슴을 가졌던 네번째 첩은 재상이 심연의 혀로 사랑받는 데 빠져 있는 걸 참지 못했다고 한다.

내가 심연의 방에 이따금 들르는 이유는 재상이 그녀를 결코 찾지 않을 것을 알기 때문이기도 하고, 그녀가 소리 내어 말하지 못하기 때문이기도 했다. 나는 목소리를 낼 수 있으나 그녀와 대화할 적엔 똑같이 필담으로 대신했다. 미궁 안에서 나는 다디단 말을 지나치게 했다. 그래서 속은 반대로 썼다. 노상 배앓이를 했다. 목구멍 아래에서 쓴 물이 올라왔다. 혓바닥에 허옇게 백태가 꼈다. 사람들이 알기

34

에 미궁 안에서 재상을 가장 사랑하는 자, 혀로 핥다시피 하는 아첨
꾼은 나였다.

　—당신은 재상의 살과 피를 물려받지 않았잖아요.

　그녀가 종이에 보태 적었다.

　그 물음에 나는, 증오하기에 이곳을 떠나지 않는다고 적어주었다.
이어서 당신은 어째서 떠나지 않느냐고 반문했다.

　그녀는 종이에 바로 썼다.

　—이야기를 마치기 위해.

　심연의 혀가 잘린 걸 알게 된 재상은 본보기로 네번째 첩의 혀마저
뽑아버린 뒤 문밖으로 내던졌다고 한다. 그러나 그런다고 해서 아홉
번째 첩의 혀가 뿌리부터 새로 자라나는 것은 아니었다. 내실에서 미
궁 맨 바깥 방으로 밀려난 그녀는 불을 때지 않아도 열이 활활 오른다
며 냉방에서 그림을 그리고 글씨를 쓰기 시작했다. 종이에 이야기를
적고 그림을 그려 만든 이야기책은 담장 안의 여인들과 무사들에게
재미난 소일거리가 되었다. 눈에 보이는 것, 또 보이지 않는 것, 그 모
두와 싸우느라 바쁜 재상은 심연의 방을 아주 잊어버렸다. 재상이 찾
아오지 않는 아홉번째 첩의 방문은 이야기책을 사가려는 사람들만 두
드렸다.

　밤이 오면 심연은 혼자였다. 재상의 세 치 혀에 목숨이 붙고 떨어지
는 이곳의 밤에 누구도 불운의 얼굴을 마주하고 싶지 않을 거였다. 이
같은 모멸을 삼키면서도 그녀가 어째서 대들보에 목을 매달지 않는지
나는 이해가 잘 가지 않았다. 마쳐야 하는 그녀 몫의 이야기란 과연
어떤 것인지도 알지 못했다.

재상의 아홉번째 첩은 툇마루에 내놓았던 솥에서 차갑게 식은 팥죽을 퍼주었고, 미궁 안에서 재상을 제외하곤 가장 힘이 센 나와 가장 힘이 약한 그녀가 그것을 오누이처럼, 혹은 모자처럼 나누어 먹었다. 팥죽은 뜨겁지 않아 단맛이 더 깊었다. 미궁 안에서 팥죽같이 푹 삶아진 내 속의 뚜껑을 열어본 사람은 오직 심연 한 사람뿐이었다. 그녀가 재상에게 일러바친다면, 내 팔과 다리도 황소에게 묶여 갈가리 찢어질 것이다. 그녀의 말처럼 재상의 살과 피로 만들어지지 않은 의붓아들이란 살과 피를 온전히 다 내놓을 때에만 자식일 테니. 나는 과거 재상이 총애했던 세번째 첩이 데리고 들어온 사내아이였다. 세번째 첩이 요절한 뒤로는 미궁 안에 피 섞인 사람 하나 없는 고아였다.

그러나 어찌된 일인지 나는 심연의 침묵을 의심하지 않고 싶었다. 또한 만약에 누군가가 내 증오와 죄악을 낱낱이 드러내려 한다면, 다른 누구도 아닌 혀가 잘려나간 그녀여야 할 것 같았다. 그녀는, 칼날의 날카로움을 제 몸으로 받아 알게 된 사람이므로. 하지만 나라는 인간은 위험을 예감한다면 언제고 벙어리의 양쪽 손목마저 분질러 말문을 막아버릴 수 있는 자가 아닌가. 그것이야말로 나보다 강한 자 옆에서 목숨을 연명할 수 있었던 방식이고, 그녀 또한 모르지는 않을 것이다.

ㄷ. 재상의 아홉번째 첩
—이야기를 만드는 벙어리

재상의 아홉번째 첩, 심연이 이야기를 만드는 방은 미궁 맨 가장자리에 있었다.

한때는 심연이 미궁 맨 안쪽 방에서 눈을 뜨고 감던 나날도 있었다. 그 시절은 열여섯의 소녀가 혀를 잃어버리는 것과 동시에 얇은 종이같이 쉬이 접혀졌다. 담과 맞닿은 미궁 가장자리는 안쪽보다 '목소리'가 낮았으나, 더 깊은 한숨과 '목소리'가 고여 있다는 사실을 그녀는 그제야 알게 되었다.

아홉번째 첩이 미궁 안쪽에서 잠을 잘 적에 '목소리'들은 재상이 그녀의 혀로 사랑받는 데 빠져 있다고 입을 놀렸다. 그러나 사실은 소문과 달랐다. 재상에게 쾌락을 줄 수 있는 살갗과 입술은 담 안팎으로 지천이었다. 재상이 겨우내 심연의 방 문지방만 넘어다닌 까닭은 그녀의 혀 때문도 아니요, 입술 때문도 아니요, 혀를 굴려 입술 밖으로 빠져나온 이야기 때문이었다.

겨울은 밤이 길었다. 재상이 이마에 붙이고 잔 부적은 효력이 없었다. 엄지발톱에 가느다란 붓으로 그린 부적도 소용없었다. 술사의 주문도 마찬가지였다. 재상은 꿈꾸지 않기 위해 새벽까지 잠을 쫓았다. 잠을 쫓고 쫓다 도저히 참을 수 없을 때에야 눈꺼풀을 붙였다. 꿈에 빨리 들어서든 늦게 들어서든 귀신에게 발을 물리는 고통은 똑같았다. 그럼에도 불구하고 잠을 쫓기 위해 말린 대구 껍질을 씹고, 손과 발에 침을 놓게 했다. 침을 맞는 고통이 꿈속에서 뼈마디를 뜯어먹히는 공포보다 덜했다.

눈가를 하도 비벼대 눈꼬리가 처진 재상에게 아홉번째 첩의 이야기는 효력이 있었다. 베개를 베고 귀를 기울이고 있으면 다음 얘기가 궁금해져서 그래서? 그래서? 그다음엔? 하고 묻다 밤을 넘겼다. 그러다 고단한 육신에 잠이 새어들면 악귀가 아니라 잠결에 들은 이야기 속 예언하는 부엉이가 꿈에 나오기도 했다. 멸문지화에서 홀로 살아남아 복수를 꿈꾸는 소년과, 밥알을 입으로 물었다 내뿜어 흰나비떼를 날리는 술사가 있었다. 스승이 물려주지 않는 비전(秘典)을 빼앗기 위해 그가 마실 국물에 독을 타는 제자도 보였다. 운수가 좋은 밤이었다. 어머니를 우물에 밀어넣은 아버지를 죽이기 위해 살수를 고용하는 아들은 이렇게 악을 썼다.

—내 손으로 아비를 죽이는 것보단 남의 손을 빌리는 게 쉬울 테지. 차가운 우물 밑에 가라앉아 숨이 멎는 것보다 더한 고통을 주시오. 돈이 아깝지 않도록!

그런 꿈의 문턱에선 그도 미궁 안에 꼭꼭 숨어 한 개의 입으로 수천의 입을 막아버리는 염국의 재상이 아니었다. 그 또한 검으로 허공을 베고 찔러 필(必) 자를 수만 번 쓰는 소년의 복수를 기다렸다. 처의 등을 밀어 우물에 빠뜨린 악인은 무쇠솥에 넣어 푹푹 삶아 죽여야 마땅하다고 생각했다. 요리사로 변장한 자객이 잉어찜 속에 숨겨 올린 칼날을 꺼내 역적의 목을 찌르려는 순간 숨넘어갈 듯 악을 쓰기도 했다.

　—죽여! 죽여! 빨리 죽여!

　별빛이 흐드러진 밤 어느 갈피엔 눈먼 고수와 쇠망치를 든 난쟁이가 갈대밭에서 결투를 벌이기도 했다. 나중에 곰곰이 생각해보니 자객들이 싸우던 눈에 익은 갈대밭은 그와 그의 어미가 곡식 자루를 메고 힘겹게 오간 고향 길이었다. 두건 쓴 자객의 뒤를 따라 기왓장을 나비보다 가볍게 밟고 달릴 때 그는 늙은 재상이 아니었다. 그는 '공막(鞏膜)'이란 이름을 가진 한 소년이었다. 죽은 어미를 제 손으로 묻고 온 밤에도 짓무른 눈가를 꼬집으며 병법을 읽던 키 작은 소년이었다. 자객이 비 한 방울 맞지 않고 빗속을 달려 사라지고, 저 혼자 꿈에서 깨어날 때면 어김없이 눈가에 눈물이 맺히곤 했다. 검은 두건 쓴 자객의 등이 어디로 사라졌는지 어리둥절했다. 이야기가 끝나고 난 뒤에는, 아니 꿈에서 깨고 난 뒤에는 매번 혼자였다.

　해가 지면 이야기는 새로이 눈을 떴다. 긴 창자처럼 굽이굽이 이어졌다. 꿈속에서 목도한 운명들에게는 그들 각자의 이야기가 있었고, 그것은 곧 살아갈 명분이 되었다. 그들의 명분은 분명해서 다른 것이 끼어들지 않았다. 그들은 경솔하게 움직이지 않았다. 가볍게 말하지 않았다. 주어진 운명을 의심하지 않았다. 제 발에 꼭 맞는 간결한 걸음만이 있었다.

　밤마다 베개 위로 흘러오는 이야기가 누구의 것이냐고 재상이 물었을 때, 아홉번째 첩은 대답했다.

　—이야기는 누구의 것도 아닙니다.

　심연은 미궁 안에 들어오기 전까지 부모 없이 유모 손에 자랐다. 유모는 젊을 적에 벽촌에서 평생 보기 힘든 미인이었으나, 곱사등이였다. 곱사등이가 앉아 있을 때 사람들은 얼굴을 보고 숨을 멈추었지만, 자리에서 일어나면 등에 달린 혹을 발견하고 침을 뱉었다. 동네 아이들은 뒤따라다니며 혹에 돌멩이를 맞혔다. 조롱하는 노래를 지어 불렀다. 차라리 박색이었더라면 그만큼 경멸당하진 않았을 텐데, 지나치게 흰 얼굴과 높은 콧대와 붉은 입술이 이물처럼 붙은 혹을 불운의 상징으로 만들어버렸다.

　곱사등이 유모는 밤마다 어린아이에게 '목소리'를 들려주었다. 눈도 입도 혹도 보이지 않는 어둠 속에서 이야기해주었다. 등에 혹이 달린 유모는 아이를 등에 업고 달래줄 수 없기에 그 대신 요 위에 눕혀놓고 이야기를 들려주었다. 아이가 그래서? 그래서? 그다음엔? 하는 물음을 그칠 때까지 이야기를 멈추지 않았다. 아이가 덮은 이불을 발끝까지 꼭꼭 눌러주고 나서야 어둠 속에 뜨고 있던 눈을 감았다.

　유모가 어린 심연에게 들려준 이야기 속에는 백 년 전의 시인이 쓴 책만 읽다가 청춘을 보낸 선비가 나왔다. 늙은 나귀를 타고 전쟁터에 끌려간 선비는 여름이 세 번 지나가도 집으로 돌아오지 않았다. 기다림에 지친 그의 처는 세월을 성큼 뛰어넘게 한다는 비약(秘藥)을 구해 먹었다. 약을 삼키고 백발이 된 채 검은 먹물을 토하고 죽었다. 유모는 유독 비약을 마시고 백발이 된 선비의 처 이야기를 자주 들려주었다. 어느 이야기에서는 전쟁터가 아니라 바다 건너로 간 밀사를 기다리는 처가 나오기도 했다. 전쟁터이든 바다 건너 이국이든 이야기를 듣는 입장에서는 큰 차이가 없었다. 어느 밤은 오래전 선비의 처를 연모했으나 버림받은 한 사내가 극약을 건넸다. 다음날 밤은 늙은 여인이 바구니 안에서 독이 든 과일을 꺼내 선비의 처에게 주었다.

이야기는 곱사등이의 등에 매달린 혹 속에 꼭꼭 눌려 있다 밤이 되면 '목소리'가 되어 빠져나오는 것 같았다. 아이는 유모가 곶감 꼬치에서 빼주듯 하나하나 들려주었던 이야기를 더러 잊어버렸지만, 선비의 처 이야기만은 감 속에서 꺼낸 단단한 씨처럼 손안에 쥐고 있었다. 씨는 곶감의 살처럼 달지 않았다. 연시처럼 무르지도 않았다. 쉽게 삼켜지지 않았다.

밤마다 심연이 재상의 베갯머리에 흘려놓은 이야기는 어릴 적 유모에게서 들은 이야기만도 아니고, 오로지 그녀의 이야기도 아니었다. 누구의 이야기라고 갈라 말할 수 없었다. 이야기들은 전부 다르면서 같았다. 이야기 속 웃음소리와 울음소리는 닮아 있었다. 악인과 선인의 얼굴도 그녀 얼굴의 왼편과 오른편처럼 서로 닮아 있었다. 밤과 낮의 경계를 참빗으로 가르마 가르듯 나눠놓을 수 없는 이치와 같았다. 이야기는 그녀 것이기도 하고, 그녀 것이 아니기도 했다. 어쩌면 게걸스레 이야기를 삼키다 잠드는 재상의 것인지도 몰랐다.

어느 날 혀가 잘려 이야기를 들려줄 수 없게 되자 재상의 아홉번째 첩은 버려졌다. 이야기만이 여전히 심연의 일부였다. 이야기는 누구도 혀처럼 잘라갈 수 없었다. 그것이 심장 뒤편에 있는지, 손톱 밑에 있는지, 목구멍 깊숙이 있는지, 숨은 자리를 아는 사람이 없기 때문이었다. 그것이 정확히 어디에 뿌리내리고 있는지는 그녀 자신도 몰랐다. 어디에 손을 넣어 꺼내야 하는지 또한 알지 못했다.

심연은 이제 천장 모서리마다 거미줄이 쳐진 방에서 이야기를 지었다. 혀가 아닌 붓끝에서 새어나오는 '목소리'는 더이상 재상에게 들려주기 위한 이야기가 아니었다. 그녀를 위한 이야기였다. 혀를 타고 빠져나오지 못하는 슬픔을 토해놓기 위해서는 이야기가 필요했다.

자신에게 일어난 불운을, 담 안의 지옥을 이해할 수 있는 유일한 방법이 이야기임을 심연은 알았다.

ㄱ. 재상의 의붓아들, 그리고 앞 못 보는 점쟁이 노파

앞 못 보는 점쟁이 노파는 삶은 달걀을 잘 먹었다. 나는 이른 아침 남들 몰래 노파의 방에 들어갔다. 새벽잠 없는 늙은이는 진작 일어났는지 참빗에 동백기름을 발라 머리카락을 싹싹 빗고 있었다. 노파의 손에 삶은 달걀과 조청 바른 찰떡을 쥐여주었다. 노파는 앞니 빠진 입을 오물거리며 달걀을 베물어 먹었다.

나는 점쟁이에게 오늘 재상에게 무슨 점괘를 알려줄 생각이냐고 물었다. 노파는 달걀과 찰떡을 더 먹고 궁리해볼 거라고 말했다. 어둠밖에 보이지 않는 초점 없는 눈이 데굴데굴 왔다갔다했다. 잔꾀를 부릴 적마다 눈동자가 그렇게 움직인다는 걸 알고 있었다. 어금니로 찰떡을 씹으며 히쭉 웃는 머리통을 오이지 쪽처럼 맷돌로 눌러 자근자근 밟아버리고 싶었지만, 같이 웃어주었다.

점쟁이라 할지라도 내 검은 속을 읽을 수는 없지. 게다가 넌 아버지가 믿는 대로 용한 점쟁이가 아니잖아. 너는 내가 이웃나라에서 데려온 연극쟁이일 뿐이다.

떠돌이로 살다가 눈이 먼 뒤 점치는 시늉을 해서 먹고살던 광대를 신묘한 점쟁이라며 데려다놓았더니 언제부터인가 주인의 다리를 물려고 했다. 물리기 전에 어금니를 일일이 뽑아버리느니 들보에 목을 매달아버려야겠다고 생각했다.

—이번 여름은 살(煞)이 끼었다고 해. 물을 넘어가야 할 자가 건너라는 물은 안 건너고 담을 넘어 들어온다고.

거북 껍데기를 그을려 나온 점괘는 모호해야 했다. 점괘를 듣는 사람이 마음대로 풀이할 수 있도록. 길흉화복은 점괘에 있지 않고 점괘를 듣는 사람의 손안에 있었다. 그가 흰 돌을 들고 있다면 흰 것이 나올 것이며, 검은 돌을 쥐고 있다면 검은 것이 나올 것이다. 흰 돌을 든 자는 흰 것을 보고 안도할 것이다. 검은 돌을 쥔 자는 검은 것을 보고 두려워할 것이다.

—또 뭐가 보이냐고 물으면?

노파가 물었다. 점쟁이가 점괘를 물으면서도 부끄러운 줄 몰랐다. 악한 자는 견딜 수 있어도 뻔뻔한 자는 견디기 어려웠다.

—음, 뭐가 좋을까. 그래 이거, 달걀이 보인다고 해.

—달걀귀신?

—아니, 삶은 달걀. 흰 달걀이라고만 해둬.

—하필 달걀을?

장님 점쟁이는 삶은 달걀을 연신 아가리에 집어넣었다. 몸은 졸아들고 식탐만 남은 아귀였다.

그래, 달걀을 먹어두어라. 죽기 전에 어서. 너에겐 젯밥 올려줄 사람 하나 없으니.

—삶은 달걀은 그냥 하야니까. 매끈해서 손에 걸리는 게 없잖아. 눈에 보이지 않는 거, 손에 잡히지 않는 게 더 무서운 법이야.

노파는 시키는 대로 하겠다며 고개를 주억거렸다.

—실수하지 말고. 늘 하던 대로.

—걱정은 붙들어 매. 장사 한두 번 하나.

피칠갑을 한 손으로 재상의 자리까지 오른 늙은 여우가 엉터리 점쟁이에게 현혹되리라곤 나도 확신하지 못했었다. 아마 아버지가 믿은 것은 눈먼 점쟁이가 아니라, 하늘에 해가 둘일 수 없으니 염나라 왕은 천수를 누리지 못하리라는 가짜 천기누설이었을 테다. 나는 지난겨울 명을 다한 책사에게서 재상이 금관을 머리에 쓰는 꿈을 꾸었다는 걸 들어 알았다. 사람은 자신이 듣고 싶은 점괘만 믿는다는 사실도 알았다. 앞날을 눈으로 본 듯 조목조목 알아맞히는 자가 용한 점쟁이가 아니라 듣고 싶은 말만 들려주는 자가 용한 점쟁이라는 걸, 내가 그걸 알고 있다는 사실을 몰랐다는 게 아버지의 잘못이었다. 점쟁이의 천기누설이 가짜인지 진짜인지는 하늘과 나와 가짜 점쟁이만 알 일이었다.

그 밖에 아버지에게 잘못이 하나 더 있다면, 그가 왕이 되고 싶어한다는 걸 아무도 모르는 줄 알지만, 온 세상이 안다는 사실이었다. 그런 만큼 재상의 목숨을 노리는 자들도 많았다. 미궁은 자객들을 불렀다. 미궁은 자객들의 무덤이었다. 미궁의 담 안은 철벽의 요새이자, 빠져나올 수 없는 미로였다. 그러나 미궁 밖은 달랐다. 담 밖은 자객들의 세상이었다. 재상의 살과 피를 물려받은 아들도 수년 전 담 바깥에서 자객에게 살해당했다.

노루사냥이 사람사냥이 될 줄 몰랐던 재상의 아들은 그날따라 기세 등등했다. 아비가 재상이니 아들도 재상인 셈이었다. 때론 아비보다 아들의 호령 소리가 더 컸다. 재상의 아들은 말에게 꼴을 제대로 먹이지 않았다며 늙은 마부에게 경을 쳤다. 그의 허리를 밟고 말에 올랐다. 기름진 몸뚱이를 온전히 받아낸 허리에서 아드득, 뼈 부러지는 소리가 들렸다. 마부는 구부린 허리를 두 번 다시 펴지 못했다.

재상의 아들은 아드득 소리에도 내려다보지 않고 말을 몰아 출발했다. 해 지기 전 그의 허리 역시 부러지리란 예언을 해준 점쟁이가 없었던 까닭이다. 재상 아들의 허리가 부러질 때는 보다 큰 소리가 터져나왔다.

우드드드득!

사냥꾼으로 위장했던 자객은 칼날이 부러지자 재상 대신 재상 아들의 몸을 안았다. 곰 가죽을 걸친 거대한 몸으로 끌어안아 허리를 꺾어놓았다. 노루를 쫓던 활들이 한발 늦게 방향을 틀어 살을 날렸다. 거구의 자객은 허리가 부러진 재상의 아들을 끌어안은 채 고슴도치가 되었다. 자객의 벌어진 입에도 화살이 꽂혀 사주한 자를 밝혀내지 못했다. 재상의 적이 온 천지이니 실수를 움직인 자를 가늠하기는 애초에 어려웠다.

재상 부자를 따라 사냥 나갔던 나는 재상의 아들을 구하지 못했으나 재상의 생명은 가까스로 살렸다. 내가 그 대신 그의 아들을 구할 수도 있었다는 걸 눈으로 보아 알면서도 재상은 나를 탓하지 않았다. 오히려 아들이 죽고 자신이 산 일을 천운으로 여겼다. 손이 귀하디귀한 집안에서 대를 이을 유일한 자식이었음에도 그랬다. 아들은 앞으로 더 얻을 수 있으나, 자신이 죽고 나면 어디서 자식을 얻겠느냐고 그는 말했다. 더불어 나에게 누구 앞에서든 아버지라 부르도록 명했다.

때로 누군가의 죽음이 누군가에겐 살길이 되기도 한다. 누군가 잃는 자가 있어야 누군가는 얻을 수 있는 법이다. 어딘가 곧 숨 끊어질 머리를 바닥에 눕히는 짐승이 있다면, 어딘가 찬 몸을 웅크려 알을 품는 새가 있으리라. 그것이 세상의 순리라고 나는 알았다. 내게 고민이 있다면, 순풍이 내 몸으로 다가들 때, 노를 저어 얼마나 멀리 나아갈 것인가였다. 나는 돌아올 경로를 돌보지 않고 남이 이르지 못한 곳까지 가보고 싶었다. 바람이 우로도 좌로도 불지 않는 고요한 자리, 가장 바깥이며 안쪽인 그곳으로.

그해 겨울, 아버지의 말을 증명하듯 담 안으로 드나들던 기생ᵉ 하나가 배를 부풀려 아들을 낳았다. 기생이 낳은 아이는 아버지의 쪽박귀와 안쪽으로 구부러진 새끼손가락을 똑같이 닮았고, 그래서 그녀는 재상의 열두번째 첩이 되었다.

아버지에게 안된 점이 있다면 첫번째로, 어린아이는 강아지와 같이 귀여워할 수는 있어도 사냥개처럼 적을 물어뜯게 할 수 없다는 사실이었다. 두번째로 안된 일은, 내가 그의 아들을 구하지 않고 그를 구한 까닭을 오해했다는 사정이었다. 어머니도 아버지도 없이 미궁에서 목숨을 부지하던 소년에게 그의 아들이 가했던 핍박과 조롱을 나는 지금껏 잊어버리지 않았다.

원망은 그 대상이 죽어 사라진 뒤에도 몸피를 줄이지 않았다. 그것은 제가 다시 몸을 틀 마른자리를 찾아 기웃거린다는 점에서 공포스러웠다. 원망은 고집스러웠다. 그것은 명이 아주 길었다.

ㄹ. 재상의 열두번째 첩이 된 기생
—골수에 한기가 박힌 여자

　미궁 안을 드나들던 기생이 사내아이를 낳은 밤은 동지(冬至)였다. 일 년 중 밤이 가장 긴 날 태어난 아기는 겨울밤을 새워 울었다. 솜이 불 속을 뜯어 입을 틀어막아도 울음소리는 그치지 않았다. 그 소리가 너무 커서 문풍지를 비집고 이 방 저 방으로 새들어갔다. 눈 오는 밤, 언 몸을 녹이려 기방에 들렀다가 아기 울음소리에 놀라 사레가 들린 오입쟁이도 있었다. 아기 울음소리만큼 오입쟁이들을 불편하게 만드는 소리도 없었다.

　기생어멈은 어떻게든 갓난아기와 그 어미를 쫓아내려 들었다. 기생어멈이 방에 불을 때지 못하게 하자, 기생은 다급히 소리질렀다.

　—아기의 아버지는 재상이고, 어머니는 나요.

　방구들은 온기를 되찾았다. 밤이고 낮이고 절절 끓어 기생의 등이 빨갛게 익었다. 기생은 아랫목에서 등을 지지며 아주 조금 울었다.

　그녀는 어릴 적 얼어 죽은 사람의 낯빛을 눈앞에서 본 일이 있었다.

마른 몸을 얽어맨 팔을 풀고 얼어붙은 품에서 빠져나온 적이 있었다. 그녀는 어렸지만, 온기가 어느 쪽에서 어느 쪽으로 흐르는지 본능으로 알았다. 방향을 손가락으로 가리켜주는 사람이 없어도 따뜻한 곳을 찾아 대문 안으로 뛰어들었다.

문안에는 따뜻한 목욕물이 있고, 김이 오르는 먹을거리가 있었다. 부엌 아궁이는 식는 법이 없었다. 부엌 밖은 분냄새가 지천이었다. 소녀의 코끝에 달라붙은 썩은 내는 세수를 하고 또 해도 사라지지 않았지만, 기생들의 분내를 맡으면 조금 가셨다. 소녀는 향기로운 분을 바르고 싶은 마음에 키가 빨리 크길 바랐다. 술상 위에 남은 음식 그릇을 싹싹 훑어 먹자 해가 바뀌기도 전에 키가 한 뼘이나 자랐다. 기생이 된 그녀는 과거의 이름이 기억나지 않아, '춘(春)'이라는 이름을 새로 지었다. 기방의 누구보다 분을 많이 발랐다. 아침 세수를 하자마자 하얗게 분을 바르고 거울을 수십 번 들여다봤다. 거울에 비친 낯빛이 이상하게도 푸른 기를 띠는 것 같아 분을 더께로 바르고 볼연지를 발갛게 칠했다.

하얀 얼굴에 하얀 분을 바른 그녀가 왼쪽 송곳니를 살짝 드러내고 웃으면 사내들은 사족을 못 썼다. 웃고 있어도 한기가 흘러 애간장을 태운다고 했다. 한여름엔 유난히 그녀를 찾는 사내들이 많았는데, 몸이 차가워서 안고 있으면 죽부인보다 시원하다고들 했다. 대문밖으로 소문이 나자 미궁 안에서도 그녀를 찾았다. 밤마다 땀을 흘리다못해 베갯잇과 이불 홑청을 흠뻑 적시는 재상을 위해 책사가 그녀를 불러들였다. 춘은 몸의 한기를 덜어내려 사내의 더운 몸을 기꺼이 받았다. 몸속 깊이 받았다. 하지만 골수에 박힌 한기가 깨끗이 떨어져나가진 않았다.

어느 새벽, 춘은 몸이 더운 사내를 받고, 동그랗고 따뜻한 씨앗을 품었다. 그것을 부풀려 살갗이 막 쪄낸 만두같이 보드랍고 뜨거운 사내아이를 낳았다. 불이 들어오지 않는 방에서 그녀는 솜옷을 껴입고 누비이불을 꼭꼭 눌러 덮었지만, 온몸의 구멍구멍마다 한기가 새들었다. 뱃속에서 부풀린 아기를 쏟아놓은 구멍으로 한기가 숭숭 들어왔다. 기생은 갓난아기 울음소리에 귓구멍이 시려 아기의 콧구멍과 입구멍을 이불자락으로 막아버리고 싶었다.

어린 어미가 된 기생은 제 몸으로 낳은 아기를 밤새도록 증오하다 불현듯, 제 살길이 아기에게 달렸다는 사실을 직감했다. 과거 온기를 따라 기방 대문으로 들던 밤처럼, 이번에는 미궁 안으로 언 발을 들여놓아야 한다는 걸 알았다. 아기에게 딱딱한 뼈와 더운 살을 심어준 사람이 누구든 상관없다고 생각했다. 몸이 덥기로 사내들은 매한가지였다. 아기가 가장 천한 일꾼의 자식일 수 있다면, 가장 귀한 재상의 자식도 될 수 있었다. 안 된다는 법은 없었다. 온기를 되찾는 일보다 앞서는 것은 없었다. 하여, 찬 바닥에 등을 대고 떨던 기생은 기생어멈을 불렀다. 한기로 딱딱 부딪히던 어금니를 벌려 다급히 외쳤다.

─아기의 아버지는 재상이고, 어머니는 나요.

거짓은 때로 진실보다 몸이 더웠다.

갓난아기가 불붙은 나무토막을 삼킨 것처럼 울어대던 밤이었다. 기방 술곳간 안에서 시체가 하나 발견되었다. 술독을 나르던 젊은 일꾼이었다. 사람들이 커다란 술독에 거꾸로 박힌 몸뚱어리를 꺼내 바로 세우자 밤새 술에 절여진 쪽박귀는 귓바퀴를 쫑긋댔다고 한다. 죽은 몸은 딱딱하게 굳었는데, 쪽박귀만 쫑긋쫑긋 움직였다고 한다. 애써

무슨 소리를 들어보려는 듯.

죽은 자는 있되, 죽인 자는 보이지 않았다. 누구는 술을 훔쳐 마시다 헛디뎌 고꾸라졌다 말했고, 누구는 만취한 일꾼이 맑은 술에 비친 낯을 보곤 우물인 줄 알고 뛰어들었다 우겼다. 기생어멈은 그들 입을 단속하고 술독 뚜껑을 덮었다. 거짓이 진실보다 몸이 덥다는 건 기생어멈 또한 알았다. 몸이 차가운 기생에게 그걸 알게 해준 사람이 바로 기생어멈이었으므로.

—미궁 안에 들어가더라도 널 아는 여자가 밖에 있다는 사실을 잊지 마.

기생어멈은 아기 울음소리가 시끄러운 방안으로 뜨거운 고깃국물을 넣어주었다. 시체를 건져낸 술독 안에서 머리칼 두 올을 표주박으로 걷어 버리고 술을 상에 올려 방마다 들여보냈다. 단골들은 술이 유난히 달다며 자꾸 방으로 들여 마시고 시체처럼 길게 뻗었다.

아기 울음은 기생이 비단 포대기를 안고 미궁 안으로 들어가던 아침까지 그치지 않았다. 누구는 애를 남몰래 낳다가 목을 잘못 눌러서 아기 목구멍이 상했다 수군댔고, 누구는 애를 떼려고 간장을 너무 많이 마신 탓이라 숙덕였다. 또 누구는 어미가 아기의 새끼손가락을 똑똑 부러뜨린 까닭이라 말하기도 했다.

'목소리'들은 아기 목구멍이 동그란지 맨살에서 간장 냄새가 나는지 새끼손가락이 똑바로 붙었는지 확인해보고 싶어 안달했다. 그러나 누구도 미궁 안으로 들어갈 수 없었다. 미궁의 담은 높디높아 빨리 나는 새가 아니라면 사무치는 울음소리만이 넘어갈 수 있다고들 했다. 그 말에는 이견이 없었다.

ㄱ. 재상의 의붓아들, 그리고 얼굴 없는 자객

얼굴 없는 자객이 미궁으로 숨어든 때는 그믐밤이었다.

잠귀 밝은 나는 무사들과 그들의 쇠가 함께 울부짖는 소리에 눈을 떴다. 아들인 나 또한 재상이 어느 방에서 잠들었는지 알지 못하기에 마흔 칸의 방 가운데 하나를 찾아야 했다.

나는 쇠와 쇠가 부딪치는 소리를 따라가 꼬이고 꼬인 미궁을 뒤진 끝에 무사들의 피로 젖은 복도에 이르렀다. 아버지의 밤을 갑옷처럼 감싸고 있던 열세 명의 고수들은 자객이 지나간 길을 따라 차례로 베어져 있었다.

그리고 방문 앞, 붉은 길의 끝에서 나는 얼굴 없는 자객의 시체를 보았다.

재상은 소리쳐 부르는 내 목소리가 복도를 울리고서야 문을 열고 기다시피 밖으로 나왔다. 아비규환의 싸움이 멎고 복도 끝에서 끝까지 녹슨 쇠처럼 무거운 침묵만 가라앉아 있을 때, 장지문 안쪽에 홀로 남아 있던 남자는 무슨 생각을 했을까. 언제나 주변의 목숨이 다 진 뒤 홀로 남았던 사람이 그였으니, 이런 시간의 고독이 그에겐 익숙할는지 모르겠다. 그럴지도 모를 일이다.

방문 바로 앞에 반듯하게 누워 죽은 얼굴 없는 자객의 왼쪽 귀에는 부러진 칼날이 꽂혀 있었다. 왼쪽 손목은 달아나 없었다. 두꺼비 독이 발라진 화살이 어깻죽지에 깊숙이 박혀 있는 게 보였다. 나는 이곳에서 그리 길지 않은 생을 살면서 수없이 많은 송장들을 보았으나, 얼굴 가죽이 벗겨진 주검은 처음으로 맞닥뜨렸다. 생니가 뽑히고 기름 가마에서 허우적대는 지독한 악몽에서 아직 깨어나지 못했는지 모르겠다는 생각이 들었다.

자객의 얼굴은 어디로 달아났을까. 얼굴은 간데없고 그가 베고 나간 몸과, 벌어진 살에 남은 화문(花文)을 통해 자객의 검신이 나아간 길을 복기(復棋)할 따름이었다. 길은 아주 짧고 단호했기에 간결했다. 물길처럼 가장 짧고 빠른 길만 내어 갔다. 잡념이 끼어들지 않은 움직임이었다. 온전히 살아남기 위해 물러선 자리가 없었다. 눈앞의 무사에게 세 방울의 피를 내어주고 한 덩이의 살을 빼앗는, 손목을 내어주고 머리를 빼앗는 싸움이었다. 오직 앞으로 나아가려는 최소한의 몸짓만 있었다. 어쩌면 그는 숨을 들이쉬지 않고, 죽을 자리를 알고 찾아가는 맹수같이 한숨 안에 복도 끝에서 문전까지 밀고 들어왔는지도 몰랐다. 죽은 자의 집념이 나를 숨막히게 했다. 피냄새로 가득찬 복도는 거대한 고래 뱃속 같았다. 차라리 악몽에서 깨어나지 않았으면 좋겠다고, 나는 어금니를 악물었다. 장지문 밖, 머리와 손목을 잃은 몸뚱이들이 열 지어 있는 복도를 돌아나가야 할 일이 두려웠다.

—이건 아무것도 아니야.

재상은 반쯤 열린 방문에 등을 기대고 중얼거렸다. 무엇이 아무것
도 아닌지 나는 묻지 않았다. 그가 본 지옥과 내가 본 지옥이 같은 방
향에 있으리라 생각지 않았다. 그의 두려움과 내 두려움이 같은 주머
니에 들어 있으리라 생각지 않았다. 언젠가 그가 이를 곳에 나 또한
다다르게 되리라 짐작할 뿐이었다. 나는 재상의 마른 몸을 등에 업고
좁은 복도를 걸어나왔다. 복도를 다 빠져나왔을 때 내 신발은 축축하
게 젖어 있었다. 나는 검붉게 젖은 신을 내려다보며 아버지가 꾸는 꿈
속에 검은 두건을 쓴 자객이 찾아든다면 그가 나와 같은 눈동자를 갖
고 있기를 소원했다.

자객이 담을 넘던 그믐밤은 눈으로 켜켜이 덮인 지붕 밑처럼 고요
했으나, 여름 해가 성급하게 뜬 아침은 햇볕과 소음과 비명으로 데워
졌다. 재상의 방문 앞 열세 명의 개들 가운데 목숨이 미처 끊어지지
않았던 자는 깨끗하게 목이 잘렸다. 재상은 피비린내가 발광하는 마
당 한복판에 서서 재상의 담 안에 도둑을 물지 못하는 개들은 필요 없
다고 악을 바락바락 썼다. 악쓰는 그의 모습은 간질병으로 뒹구는 늙
은 개를 닮았다.

나는 얼굴 없는 자객의 옷을 벗겨 거적 위에 올려놓고 혓바닥부터
발가락 사이까지 뒤졌으나 살수의 이름은 알 수 없었다. 아랫것들을
시키면 될 일이라도 나는 내 손으로 직접 했다. 손에 피를 많이 묻혀
본 자일수록 자신을 위해 피 묻히는 자를 신뢰하는 법이기 때문이었
다. 재상이 담 밖으로 나갈 때마다 그의 몸을 지키는 칼잡이 무리의
우두머리 천이 그걸 지켜보고 섰다가 말했다.

—그자가 누군지 알아낼 수 없을 거요. 그는 알아내지 못하라고 얼굴 가죽을 벗긴 것이니.
　—제가 제 얼굴을 벗겨냈다고?
　천에게 물었다.
　—그렇소.
　—무슨 까닭으로?
　—죽은 뒤에 남아 있을 자들을 걱정한 까닭이겠지. 옛날에 제 얼굴을 벗기고, 눈을 도려내고, 창자를 긁어낸 뒤 죽은 자객의 이야기도 모른단 말이오.
　—그렇다면 담 안으로 들어오기 전에 이미 얼굴이 달아났던가?
　—아니오. 죽기 바로 직전일 것이오.
　—그렇다면 이자는 왜 방문을 열고 아버지를 죽이지 못한 것이오? 남의 목숨을 끊어놓기 위해 제 목숨을 내놓은 자가 아니었소?
　—그는 아마 문 앞에서 제명이 다한 것을 알았을 테고, 남아 있는 일각에 재상을 해할 것인지, 자신의 얼굴을 지워버릴 것인지 선택해야 했을 거요.
　자객의 죽음을 말하는 천의 얼굴에는 아무런 변화가 없었다. 그는 미궁 안에서 내가 표정을 읽을 수 없는 유일한 사람이었다. 천은 두려움도 살의도 드러내지 않았다. 긴 칼을 쥐고 있을 때조차 눈빛이 부드러웠다. 보통 고수들은 강한 기를 내뿜기 마련인데, 그에게선 아무것도 느껴지지 않았다. 겉으로 보기엔 시골에서 나무를 패며 자족하는 필부와 다름없어 보였다. 그러나 천은 인년(寅年), 인월(寅月), 인일(寅日)에 다듬었다는 명검을 가지고 반나절 동안 이백 사람을 베어주인을 구했다는 풍문이 따르는 칼잡이였다. 그가 깊게 잠든 밤, 몰래 그의 손금을 훔쳐보고 싶었다.

재상은 미궁 밖에서 제 목숨 대신 아들을 잃고 난 뒤 이웃나라에서 천을 데려왔다. 의심 많은 아버지는 지금껏 그에게 방문을 지키게 하지 않았지만, 열세 명의 무사들이 모두 죽어버린 이상 앞으로 밤을 지키는 임무를 맡길 사람은 그밖에 없을 것이 분명했다. 신뢰란 시간에 의해 쌓이지만, 때론 필요에 따라 만들어지기도 한다는 이치를 나는 알았다. 필요하기에 신뢰할 수밖에 없는 때가 있다는 것을 알았다. 더불어 모든 신뢰는 벼랑 위에 몸을 세우고 있기에 잃을 위험이 크고, 그러므로 가치 있는 것이라고. 반드시 필요하지만 잃기 쉬운 것만큼 사람들이 잘 사주는 것도 없다.

미궁 안에서 천의 칼을 당할 자가 없어졌다는 점에서 나는 그가 두려웠다. 칼날이 밖으로 향할지 안으로 향할지는 오직 칼을 쥔 자객과 그의 칼만이 알 일이었다. 나는 무사의 맹세조차 믿지 못하는 인간이었다. 강한 것은 어느 편에 서 있든 경계해야 마땅했다. 깊이 베인 자리는 왕도 재상도 도로 붙일 수 없다는 점에서 칼날은 공평했다.

—그렇다면, 이자의 얼굴은 대체 어디 있단 말이오. 죽은 자리를 혀로 핥다시피 뒤졌으나 찾지 못했소.

—얼굴 가죽은 자객의 뱃속에 있소. 채 삭지 않았더라도 씹어 삼켰을 테니 눈 코 입을 가려내긴 어려울 거요.

천의 시선은 먼 곳을 향해 있었다. 미궁의 담 너머, 그림자를 드리우고 곧 지나갈 구름을. 나는 뜨겁고 붉게 달아오르는 마당에서 이목구비가 지워진 붉은 살덩어리를 내려다보았다. 자객의 일각이란 이런 것이던가. 그 찰나에 자객이 자신의 얼굴을 지우지 않고 방문을 열었더라면, 마지막 기력을 다해 재상의 목을 베었더라면 어땠을지 상상해보았다.

지난밤 아버지가 죽었다면 나는 웃었을까, 울었을까. 잘 알 수가 없었다. 아버지가 죽으면 내 명도 다할 것을 알지만, 그게 그렇게 중요하지는 않았다. 어차피 나 또한, 어느 밤 그가 발작 같은 변덕을 부리면 솥에서 푹푹 삶아질 사냥개 중 한 마리가 아니던가. 다만 그가 죽더라도 짧은 한숨처럼 쉬이 베어지지 않기를 바랐다. 어쩌면 나는 내 죽음보다 그의 죽음에 대해 더 많이 생각해왔는지도 모르겠다.

나는 그가 죽지 않고 낮과 낮 사이에서 오래 고통받았으면 좋겠다. 밤마다 어둔 꿈속을 헤매며 어금니를 부득부득 갈았으면 좋겠다. 그 속에서 백번 베어지고 백번 목을 붙여 다시 태어났으면 좋겠다. 그가 무간지옥에서 마주한 자객의 두건을 벗겼을 때, 대면한 얼굴이 나와 같다면 더욱 좋겠다.

천의 말대로 얼굴 없는 시체는 아무것도 알려주지 않았다. 자객과 그를 사주한 사람의 이름을 고해바친 자는 그날 해가 중천에 뜨기도 전에 대문을 두드린 벼슬아치였다. 자객은 누구도 이름을 알지 못하는 초야의 검객이었다. 그에게 암살을 사주한 자는 벼슬아치의 상관인 '곽'이라는 관리라 했다. 곽의 이름은 나도 풍문에 들은 적이 있었다. 아버지가 칼로 사람의 코를 바닥에 닿게 하는 사람이라면, 곽은 지혜로움으로 사람을 엎드리게 하는 자라고 들었다. 그래서 불쾌한 마음으로 그의 이름을 기억해두었다. 남들에게 진심으로 존경받는 느낌을 모르는 나는 존경받는 사람을 좋아하지 않았다. 아버지 역시 그러리라고 짐작했다. 나는 아버지를 닮으려고 발버둥쳤기에, 그 컴 컴한 속을 알 수 있게 되었다.

벼슬아치가 담과 담과 담으로 밀봉된 마당을 가로질러 대문을 빠져 나가기도 전에 칼잡이들을 이끌고 자객과 곽의 집으로 달렸다. 누구 든 나를 오래 지켜본 사람이라면, 곽이 자객의 칼을 샀다는 진술을 믿 기보다 벼슬아치의 고발을 먼저 의심하는 인간인 줄 알 것이었다. 그 러나 나는 잠을 자지 못해 눈이 빨갛게 충혈된 재상 앞에서 벼슬아치 를 높이 치하했다. 아버지에겐 얼굴조차 알아볼 수 없는 시체보단 눈 앞에 놓고 분풀이할 제물이 필요하리라 판단한 까닭이었다. 분명, 목 숨을 구걸하며 죽어갈 살아 있는 얼굴과 목소리가 필요할 거였다. 밖 에서 산 제물을 잡아오지 못한다면, 담 안의 누군가가 찢어발겨지리 라. 지난겨울 사지가 잘린 재상의 책사□처럼.

ㅁ. 책사

책사는 의심을 진상하고 살았다. 의심은 그의 밥줄이었다. 책사는 재상으로 하여금 자신보다 뛰어난 자들을 내치게 하기 위해 의심을 심고, 그것에 물을 줬다. 미궁은 의심을 기르기에 비옥한 밭이었다. 의심이 키를 키우자 그는 재상과 비밀을 나누는 유일한 입과 귀가 되었다. 비밀이 그를 살찌웠다.

책사는 내부의 적을 베어내기 위해 외부의 적을 이용하는 데도 능했다. 재상을 밀어내려는 세력이 수를 늘리자, 책사는 오랑캐들에게 밀사를 보냈다. 오랑캐의 우두머리가 거절하지 못할 은밀한 제안을 딸려보냈다. 오랑캐들이 국경에서 분란을 일으키면 책사는 재상에 곧 맞설 만한 인물을 찍어 국경으로 보냈다. 허리 구부리지 않는 자들 또한 국경으로 쓸어보냈다. 덕분에 염나라의 재상은 자신에게 칼 겨누는 자들에 맞서 칼 들지 않아도 됐다. 입으로 발령을 내면 족했다. 재상은 책사의 간교함을 높이 샀다.

재상이 금관을 제 머리에 쓰는 꿈을 꾸었다는 얘기를 들은 날, 책사는 그 꿈을 누구에게도 누설하면 안 된다고 당부했다. 천기를 누설하면 일을 그르친다, 흉몽은 나누되 길몽은 감추어야 한다, 그것은 둘만이 아는 일이어야 한다, 라고.

재상은 말을 알아들었고, 꿈을 아는 자가 둘이라는 데 안심했지만, 이내 마음이 바뀌었다. 꿈을 아는 자가 둘이나 된다는 사실에 불안해했다. 두 사람은 너무 많았다. 꿈을 아는 자가 둘만이 아니라는 사실을, 의붓아들도 알고 있다는 사실을 눈치챘더라면 조금 덜 불안했을지도 모를 일이었다. 둘은 셋보다, 넷보다 위험하게 느껴졌다. 더욱이 강퍅한 밤엔 낮에 가라앉았던 의심이 쉽게 몸을 불리곤 했다.

꿈에서 발목을 아작아작 씹어 먹히다 깬 겨울밤, 재상은 미궁 밖에서 막 잠이 든 책사를 불렀다. 다음날 아침이면 너무 늦었다. 바로 지금이 아니면 안 되기에 이불 밑에 몸을 숨긴 채 책사를 불렀다. 책사는 벗어둔 옷을 꿰입고 방문을 나와 가장 빠른 말을 몰았다. 명령을 내리는 인간 중에 기다리기를 좋아하는 자가 없다는 걸 책사는 알았다. 급한 명령일수록 더욱 그랬다.

—입이 달린 짐승은 무엇도 믿지 말랬지?

재상이 물었다.

—입은 본래 말하라고 만들어진 것이며, 말하는 것이 제 본성입니다. 아무리 말하지 말라고 한들 본성을 거스르지는 못하지요.

책사는 여느 때와 다르게 낮게 엎드려 대답했다. 그러지 않으면 안 될 것 같았다. 익숙한 사람이 갑자기 낯설게 느껴지는 때가 있었다. 그런 밤이었다.

—그렇지. 책사의 말은 다 옳아.

재상은 온전히 붙어 있는 발목을 쓰다듬으며 만족스럽게 웃었다.

—그렇다면 책사는 입 없는 짐승이오?

재상이 두번째 질문을 던졌다.

책사의 빠른 입이 열리지 않았다. 목구멍에서 창자 끝까지 마른 쌀알로 콱 막힌 느낌이었다.

책사는 방문을 닫고 나오자마자 재상의 의붓아들부터 찾았다. 예감이 좋지 않았다. 책사는 입 없는 짐승이오? 라고 물을 때 재상의 눈빛은 괴이하게 번쩍였다. 처음 보는 눈빛이 아니었다. 재상은 쓸데없는 말을 하지 않았다. 권력을 몸에 넣고 있는 자는 말을 돌려 할 필요가 없었다. 말을 낭비할 필요가 없었다. 눈치볼 이유가 없었다. 재상의 말은 미궁 안에서 진리이며 법이 됐다. 예감이 나빴다. 재상의 질문이 무엇을 의미하는지 따져볼 필요는 없었다. 책사는 애초에 재상의 질문이 의미하는 바를 정확히 알고 있었다. 답을 몰라서 침묵한 것이 아니었다. 자신이 알고 있는 답의 무서움 때문에 목구멍이 말라붙었다. 무서움 때문에 답을 알지 못한다고 저 자신을 속였다. 책사는 저녁나절 집으로 들어설 적에 대문간에서 목이 달아난 죽은 새를 보았다. 그땐 하루가 다 간 줄 알았는데, 그날 몫으로 남아 있는 액운은 없는 줄 알았는데, 그게 아니었다. 하룻밤이 아주 길 것 같았다. 자시(子時)가 영원히 넘어가지 않을 것 같았다.

오늘밤 자신의 목을 보전해줄 사람은 재상의 의붓아들밖에 없다고 책사는 판단했다. 늦든 빠르든 불운은 누구에게나 공평하게 다가오는 법이었다. 일진이 나쁜 날이 언제고 오리라는 것을 그는 알고 있었다. 나쁜 운을 덜어줄 힘있는 자가, 잠시 짐을 나눠 메고 강을 건너갈 자가 필요했다. 불어난 강만 건너가면 아무 일 없던 듯 몸이 가벼워질 터였다. 책사가 재상의 꿈을, 그의 계략들을 의붓아들에게 덜어준 이유는 거기에 있었다.

비밀을 나누는 것은 위험을 나누는 일이었다. 앞날을 의탁한다는 무언의 약속이었다. 책사는 재상에게 몸을 의탁하되 그의 의붓아들에게도 앞날을 나누어주었다. 재상의 의붓아들은 간교하고, 굶주린 쥐 같이 미궁을 야금야금 갉아먹고 있었으므로. 책사는 재상이 완전히 늙어버린 후까지 내다보았다. 앞으로만 나아가는 것은 모사꾼의 길이 아니었다. 무사의 길이었다. 책사는 앞으로 나아갈 자리와 뒤로 물러날 자리까지 두루 살펴두었다. 난관이 있다면 그가 두 사람 사이를 오간다는 사실을 재상이 몰라야 한다는 점이었다.

권력을 손에 가진 자는 비밀을, 위험을 나눈다는 것을 용납하지 않았다. 위험을 담보하지 않는다면 그것은 충성이 아니었다. 절대자는 늙어 죽을 때 제 손을 탄 목숨들을 모조리 순장시키고 싶어했다. 먹이를 찾아 무소의 뿔 안으로 깊숙이 기어들어갔다가 두 번 다시 기어나오지 못하는 쥐가 되기를 바랐다. 그러나 책사는 해가 뜨면 겉옷을 벗어 들고, 밤이 오면 재빨리 겉옷 자락을 여미는 사람이었다. 그는 입도 손도 빨랐다.

책사는 재상의 의붓아들에게 받을 약간의 빚값이 있다고 믿었다. 쌀알이 혀뿌리까지 미어지게 차오르자 그를 찾아 미궁 안을 쑤시고 다녔다. 동과 서로, 북과 남으로 발을 재게 놀렸으나 만나야 할 자는 언제나 있던 자리에 있지 않았다. 재상의 의붓아들에게는 미궁 안 문짝의 떨림까지 기민하게 알려주는 귀와 입이 있었다. 그들은 특히 불운이 어디로 흐르는지를 귀신같이 알고 피했다. 재상의 의붓아들은 책사가 동쪽 방을 헤집을 때 서쪽 방에 숨었고, 서쪽 방을 헤집을 때 동쪽 방에 숨었다. 책사는 재상의 의붓아들이 제가 물어다 준 비밀을 주워먹고 신뢰하는 줄 알았지만, 짐작은 사실과 달랐다.

실상 재상의 의붓아들은 책사 면전에서 웃고, 뒤통수에 대곤 비웃는 자였다. 눈 밝은 책사는 제 눈을 믿었으나, 뒤통수에는 눈이 달리지 않았다는 점이 불운의 근원이었다. 재상의 의붓아들은 부스러기를 얻어먹으며 감사하는 사람이 아니었다. 부스러기는 그에게 도리어 모욕감만 줬다. 그는 부스러기가 아닌 덩어리를 통째로 삼켜야 배를 두드리는 자였고, 그러기 위해서는 남의 손안에 든 덩어리를 빼앗지 않으면 안 되었다. 세상에 자신과 닮은 자를 신뢰할 악인은 존재하지 않았다. 책사가 세상 모든 사람에 대한 불신을 재상에게 심어주었다면, 재상의 의붓아들은 책사에 대한 불신을 재상에게 심어주었다. 재상의 의붓아들이야말로 책사의 죽음을 기다리는 사람이었다. 재상 아들의 죽음과 같이 책사의 죽음 또한 자신을 살게 하리란 기대 때문이었다. 누군가 잃는 자가 있어야 누군가는 얻을 수 있었다. 그것이 세상의 순리임을 그는 알았다. 더불어 빚이란, 받을 사람이 죽어버리는 순간 함께 땅에 묻힌다는 것도. 숨이 끊어지는 사람에게 빚을 갚는 미련한 자는 없었다.

새벽녘, 재상의 의붓아들은 재상의 아홉번째 첩, 혀가 잘린 여인의 방안으로 가죽신을 들여놓았다.

―지난밤 한 목숨이 물에 빠졌어. 깊이를 가늠할 수 없이 아주 검은

물. 내가 손을 내민다면 살려낼 수도 있겠지. 하지만 싫어. 왜 내가 그를 살려야 하지? 내가 물에 빠졌을 땐 아무도 구하러 오지 않았다고. 난 내 힘으로 물에서 빠져나왔어. 이를 부득부득 갈면서 기어나왔어. 오늘 난 그저 물가에 서서 그를 지켜보면 돼.

어두운 방안에 엎드린 재상의 의붓아들은 이마 밑에 손등을 괴고 중얼거렸다. 재상의 아홉번째 첩은 벽에 등을 기대고 고요히 앉아 있었다. 재상의 의붓아들이 중얼대는 말을 듣지 않는 것인지, 혀가 잘려 말 못하는 것인지 알 수 없었다. 심연은 어둠 속에서 엎드린 사내의 등을 눈으로 더듬으며 아침을 맞이했다.

나쁜 운은 꼭 한꺼번에 몰려왔다. 날이 밝도록 보이지 않는 술래를 쫓은 책사는 다리만 멀쩡하고 혀뿌리에서 아랫배까지 딱딱하게 굳었다. 운이 기막히게 따르는 자에게도 운수 나쁜 날은 있어야 공평한지 몰랐다. 겨울밤이 제 몸을 다 거둬들이자마자 책사는 마당으로 끌려 나왔다. 미궁의 주인이 죄인이라면 죄인이었다. 죄목을 달기 어려운 자는 벙어리와 백치뿐이었다. 책사가 내뱉은 말과 계략이 그를 옭아 매기 알맞은 동아줄이 되었다.

죄인의 팔과 다리가 제각각 비틀려 묶였다. '목소리'들은 책사의 사지가 황소에 찢겨 숨이 끊어졌다고 말했지만, 그때야 마당에 나타난 재상의 의붓아들은 그게 아니란 사실을 눈으로 보아 알았다. 사나운 짐승보다 광포한 것이 두려움이었다. 황소가 아니라 두려움이 책사의 숨을 끊었다. 그는 형을 당하기 직전에 제 목숨을 앞서 끊어놓을 수밖에 없었다. 그것만이 고통을 줄이는 방편임을 허파와 염통이 먼저 알았다.

몸이 죽음을 자진하여 선택하는 순간, 책사는 어릴 적 대문간에서 들었던 예언을 떠올렸다. 쌀을 구걸하던 노승이 어린 그를 보고, 그의 어머니에게 말했었다.

—아이의 눈에 총기가 가득하나, 그것이 바깥으로 넘치는 게 흠입니다. 넘치는 것은 모자람만 못한 법. 날카로운 비수를 품안에 숨기듯이 지나치게 반짝이는 눈빛도 감추어두는 편이 이롭겠지요. 그것에 아이의 명이 달려 있을 듯합니다.

어머니는 빌어먹는 떠돌이의 허튼소리라며 무시했지만, 소년은 노승의 말이 잊히지 않았다. 이른 나이에 벼슬길에 오를 때도 이상하게 그 말이 떠올랐다. 지략으로 반란을 진압하는 데 공을 세운 뒤 재상 옆자리를 차지했을 때도 그 말이 걸리적거렸다. 그러다 재상의 입과 손이 되어 죽음을 명하고 피를 보면서 노승의 말을 잊어갔다. 예언대로 제 꾀에 제가 넘어가 죽게 될 줄을 미처 몰랐다. 재상의 머리 꼭대기에 올라앉으면 그의 손에 끌어내려지지 않을 줄 알았다. 머리통이 동그래서 삐끗하면 아래로 굴러떨어질 줄 몰랐다.

나는 남을 의심하되, 나를 너무 믿었구나!

책사의 숨이 끊어지는 순간 마른 입술 사이로 하아, 하는 짧은 탄식이 비집고 나왔다. 그 의미는 재상도 모르고, 재상의 의붓아들도 모르고, 오직 죽어가는 자만이 알 일이었다.

ㄱ. 재상의 의붓아들, 그리고 얼굴 없는 자객의 아내

자객의 오막살이 안에는 부엌에서 간장에 연근을 조리던 그의 아내밖에 없었다. 살림살이를 뒤져본 바로는 어린아이들이 한집에 살고 있는 게 분명했지만, 나는 자객의 아내만 잡아 묶고 무사들을 곽의 집으로 재촉해 갔다.

곽은 벌써 누군가의 전갈을 받았는지 처자식을 데리고 달아나 없었다. 곽의 집안을 돌보던 늙은것을 찾았으나, 그마저 스스로 독약을 삼키고 죽어 있었다. 상전을 지키기 위해 약으로 자진한 자와 남아 있는 사람들을 위해 얼굴 가죽을 씹어 삼킨 자객. 목숨을 버려가며 간절히 지켜주고 싶은 사람이 있다는 것, 그럴 수도 있다는 것에 나는 몹시 불쾌해졌다. 약 찌꺼기가 남은 막사발을 발로 걷어찼다. 독약을 마시고 굳은 시체의 아가리를 가죽신으로 짓이겼다.

누구든 뜨거운 맛을 좀 봐야겠다고 생각했다.

그러나 내가 나서기도 전에 재상이 명했다. 아버지는 성격이 급했다. 기다림은 그의 몫이 아니었다. 그는 가질 수 없는 것과 가질 수 있는 것 전부를 게걸스레 주워담아 여기에 이른 사내였다. 적들이 방어하기 전에 몇 발짝 먼저 움직여온 사람이었다. 미궁 담을 쌓기 전까지 한시도 편히 등을 눕혀본 적 없는 사람이었다. 세상 사람의 일 년이 그에겐 십 년이었다. 그는 일각도 부챗살처럼 펼쳐 쓰는 사람이었다. 그는 미궁 안에 재빠르게 움직이는 손과 발을 수십 거느린 자였다. 명이 떨어지고 나서 아랫것들의 손발이 노는 꼴을 보지 못했다.

재상은 자객의 아내를 가리키며 등을 지지고 발등 위에 끓는 기름을 부으라고 명했다.

—곽이 어디로 숨었느냐! 쥐새끼같이 어디로 숨었어! 너 이년, 네 남편이 칼 가는 소릴 들을 때마다 깔깔거리고 웃었지! 쓱싹거리는 소릴 들을 때마다 가슴이 벌렁벌렁 뛰었지! 그렇지! 그렇지!

재상이 쉰 목으로 악쓰는 소리는 이 빠진 칼날끼리 부딪치는 소리 같았다. 자객의 아내는 고통을 참으려 비명 지를 뿐, 살려달라는 애원은 하지 않았다. 흰자위의 핏줄이 죄다 터진 빨간 눈으로 아버지를 올려다보았다. 역시나 마음이 한 가지인 자들은 독했다. 머리가 어지럽지 않아서 독했다. 하나를 버리고 하나를 줍는 거래를 몰라 독했다.

—백정 남편이 사내 머리를 베어올 때마다 신이 나서 춤을 췄지, 너 이년! 이런 배라먹을 년!

자객의 아내는 살이 점점이 떨어져나가는데도 곽의 이름을 입에 올리지 않았다. 그 밖에 연루된 자들의 이름을 읊어대지 않았다. 배운 게 없어, 없는 이름을 지어낼 줄도 몰랐다. 남들에게 죄를 뒤집어씌울 요령도 없었다. 가진 게 없어 곧이곧대로인 여자였다. 마당에서 고기

타는 누린내가 진동을 했다.

　─저년 입술은 뭣에 쓰는 물건이냐. 쓸데도 없는 것, 도려내버려라.

아버지는 제가 고문을 당한 것도 아니고, 입으로 고문을 명했을 따름인데도 분에 못 이겨 몸을 부들부들 떨다가 기진맥진한 모양이었다. 범 가죽을 씌운 의자에 앉은 재상은 천천히 손짓을 해 나를 불렀다. 재상 옆에 개처럼 무릎을 꿇고 귀를 가까이 하자 그가 중얼거렸다.

　─저 백정놈의 마누라를 고기만두처럼 쪄 죽일까, 팔다리를 잘라 변소에 내버릴까, 응?

나는 악에 받친 목소리를 들으며, 복도와 복도로 꼬이고 꼬인 미궁은 오래전부터 아귀지옥이었고, 어머니의 손을 잡고 작디작은 발로 문안에 들어서던 밤부터 악의 편에 쪼그려앉았다는 사실을 새삼 확인했다. 애초에 빠져나갈 틈은 쥐구멍만큼도 없었다. 나는 어릴 적부터 악인을 이기는 방법은 선을 행하는 것이 아니라, 더욱 극악한 인간이 되는 것이라 믿었다. 돌이킬 수 있는 길은 없었다. 과거로 거슬러간 자가 있다는 풍문은 들어본 적도 없었다. 그래서 악행을 행하면 행할수록 아버지를 증오하게 됐다.

나는 어금니를 앙다물었다 뗀 뒤, 그보다 따끔한 방법이 있다고 속삭였다. 악을 행해보지도 않고 깨끗한 손으로 죽는 여자라면 뜨거운 맛을 좀 봐야 한다고 생각했다. 여자에게 음지를 택해야 할 의무가 주어지지 않았던 것처럼, 내게는 양지를 택할 권리가 주어지지 않았다. 나는 재상에게 악을 말하고, 그는 장단 맞춰 악을 행한다. 내가 어둠에 가까이 가는 만큼 그도 몇 걸음 더 가까이 간다. 운명에 대해서는 생각지 않는다. 내 운명이란 환관의 운명이 거세당하는 순간 결정지어지는 것처럼, 미궁 안으로 들어오던 날 미리 결정지어진 것이다.

그저 나는, 그가 종국에 얼마나 어둡고 깊은 구덩이를 파고 누울지를 가늠할 따름이다.

미궁 안의 일꾼들이 한데 모여들자 오래지 않아 정원 한 귀퉁이에 구덩이가 만들어졌다. 구덩이는 여인의 음부처럼 어둡고 깊고 좁게 파였다. 일꾼들은 온몸에서 살점이 떨어져나간 자객의 아내를 구덩이에 던져넣었다. 쥐들을 잡아다 풀어넣었다.

—구덩이에 솜이불을 덮어라. 단단히 봉해.

재상은 신이 나서 자리에 가만히 앉아 있지 못했다. 지난밤 한숨도 이루지 못한 재상의 작은 눈도 말린 오미자 열매같이 빨갛게 변해 있었다. 한여름, 꺼져가는 질긴 햇볕을 이기지 못해 내 이마와 등줄기로 땀이 주르륵 흘러내렸다. 나는 땀과 광기로 번들거리는 재상의 얼굴을 지켜보며 내 얼굴도 그와 같으리라 확신했다. 그의 살과 피를 물려받아 빚어진 낯처럼 똑같으리라고.

—아, 신이 난다. 신이 나. 비명소리가 뜰 안에 울려댄다. 쥐들이 날뛰는구나. 저년의 사내처럼 눈 코 입 달아나게 베어먹어라. 복사뼈에서 이맛전까지 베어먹게 꼭꼭 봉해라. 쥐들이 뛰쳐나오지 못하게.

비명소리가 잦아들자 재상은 솜이불을 반만 들어올려보라 명했다. 구덩이 안에서 다리가 사라진 반쪼가리 몸통이 펄떡거리며 바락바락 악을 썼다. 입술이 달아난 여인의 말이라 알아들을 수는 없었다.

—저년 숨이 아직도 붙었구나. 천한 년이라 질기다 질겨. 어디 네가 이기나 내가 이기나 보자.

재상이 조바심을 냈다.

―쥐를 더 잡아넣지 않고 뭣들 하느냐. 벼락같이 움직여라.

　일꾼들은 솜이불을 도로 덮어 가장자리를 돌로 꼭꼭 눌렀다. 재상
은 기괴할 만큼 한참 신을 내다가 여인의 목숨이 끈질기게 붙어 있자
발작을 일으켰다. 비명소리에 춤을 출 때는 언제고, 이제는 구덩이에
서 비어져나오는 소리가 듣기 싫다고 노래하는 기생과 악공들을 불러
오라 외쳤다.

　―풍악을 울려라. 술상을 차려라. 구경거리가 있는데 구경꾼이 없
을쏘냐.

　해가 저문 누각 위에서 목청 좋은 기생들이 현을 타고 태평성대를
노래했다. 노래와 노래 사이, 구덩이에서 부득부득 이 가는 소리가 비
어져나왔다. 그 소리에 겁이 나 딸꾹질을 한 기생은 비단치마가 뒤집
힌 채 마당으로 내던져졌다. 죽은 자를 살려낸다는 환혼주(還魂酒)를
술상에 진상한 관리 손가는 영문도 모른 채 오른손목이 날아갔다.

　미녀가 입으로 씹어 빚은 술을 마시고 취한 재상이 자리에서 비틀
거리며 일어났다.

　―이 삶아 죽여도 시원찮을 것들, 달걀 같은 것들!

　별안간 무슨 달걀 타령인지 알지도 못하고서 술잔을 주고받던 모
두가 마룻바닥에 이마를 찧어댔다. 쿵쿵 울려대는 소리가 충성을 증
명하기라도 하는 듯 하도 힘차게 짓찧어서 이마에 붉은 자국이 생겨
났다. 대개는 독한 술기운에 이마가 아픈 줄도 모르는 눈치였다. 나는
이마가 깨진 고관대작들을 보고 깔깔깔 웃음이 터져나오려는 입을 막
았다. 떡을 꿀꺽 삼켜 웃음을 밀어넣었다. 눈먼 점쟁이에게 달걀을 점
괘로 말하게 할 땐, 달걀귀신처럼 얼굴을 싹 지운 자객이 나타날 줄

짐작조차 못했다. 점괘가 이보다 더 잘 들어맞을 수는 없지 않을까. 우연이 필연으로 다가들다니 상서로운 일이었다. 나는 앞으로 눈 코 입이 말갛게 지워진 귀신 또한 재상의 꿈자리를 어지럽히리란 기대에 가슴이 두근거렸다.

여름밤이 가도록 기생들은 멈추지 않고 노래를 불렀다. 미궁의 누구도 잠자리에 들지 않았다. 풍악이 울리는 동안에는 누구도 베개에 머리를 눕혀선 안 되었다. 재상의 기분을 맞추려 술상 앞에 앉은 관리들"은 밤잠을 못 자서, 혹은 술에 취해서 눈꺼풀이 감기려 들 때마다 잠이 달아나라고 어금니가 부서져라 질긴 고기를 씹어댔다.

나는 술상 앞에 앉아 덩덩 덩더꿍 울리는 장구 소리를 들으며 얼굴 없는 자객의 이목구비를 상상해보았다. 검은 눈썹을 그리고, 굵은 콧대를 그리고, 토끼 간을 베물어 먹은 붉은 입술을 그리고, 마지막으로 눈동자를 찍어넣었다. 궁금한 게 아주 많은 눈이었다. 쌀로 빚은 술과 함께 씹어 삼킨 생선찜이 소화가 되다 말고 목구멍 위로 되올라왔다. 나는 토악질이 나오려는 걸 참고, 입안으로 쏟아져나온 것을 꿀꺽 되삼켰다. 내 속에서 토해져 나온 비리고 더러운 찌꺼기를 죄다 삼키고 나자 속이 편안해졌다. 시큼한 혀와 입속을 헹구기 위해 내 몫의 술을 다 마셨다. 오랜만에 술이 달았다.

이윽고 동이 틀 무렵, 구덩이에서 터져나오던 악에 받친 소리가 뚝 그쳤다. 일꾼들이 달려들어 솜이불을 걷었더니 구덩이 속에는 통통하게 살이 올라 밖으로 튀어나오지 못하는 쥐떼와 흰 뼈들, 그리고 검고 긴 머리칼뿐이었다.

ㅂ. 술상 앞에 앉은 관리들

술상 앞에 앉은 관리들은 재상이 한 잔 마실 때, 앞다투어 세 잔 네 잔 들이켰다. 들이켜야 했다.

장가는 닭고기를 뜯어먹으면서도 황가가 몇 잔째 마시는지 셈하고 있었다. 황가가 일곱 잔을 마시면 장가는 열 잔을 마셨다. 황가가 열두 잔을 마시면 장가는 열네 잔을 마셨다. 노모가 병으로 숨을 꼴딱거릴 때도 장가는 기생이 따라주는 술을 널름널름 받아 마셨다. 죽을 사람은 죽더라도 산 사람은 살아야 한다는 게 장가의 지론이었다. 더불어 명줄은 하늘에 달린바, 병자 옆에 자식이 붙어 있든 없든 어미가 죽고 사는 일과는 무관하다 주장했다. 장가는 누구에게 손가락질 받는 일쯤 괘념치 않았다. 비방하는 자들이 독에 쌀을 채워줄 사람은 아니기 때문이었다. 장가가 겁내는 한 가지는 재상의 부름을 마다했다 변방으로 쫓겨난 상관 꼴이 되는 일이었다.

침모 노릇 하는 청상과부의 아들로 자란 장가가 무장이 되기까지 얼마나 많은 목을 베어야 했는지 재상은 알아주었다. 장가는 칼날로 길을 트며 외곽에서 중심으로 직진해온 사람이었고, 재상은 그런 칼을 입으로 움직여 염나라에서 두번째 자리에 올랐다. 장가는 손이 더러웠고, 재상은 입이 불결했다. 훗날 아귀지옥으로 떨어진다면, 그곳에서 만날 사람은 재상임을 장가는 알았다. 재상이 있어주어 위안이 됐다. 세상 전부가 재상을 욕해도 장가는 그를 이해할 수 있었다. 자신을 알아주는 사람은 재상 하나로 족하다고도 생각했다. 쌀뒷박은 하나만 멀쩡하면 족했다. 멈추지 않고 쌀독에 쌀을 채워줄 뒷박만 깨지지 않으면 족했다. 뒷박 수가 많다고 독에 쌀이 차는 것은 아니었다.

 ―좋은 사람은 남들이 입을 모아 좋다고 말하는 사람이 아니다. 너한테 이로움을 주는 사람이 바로 좋은 사람이다.

 입신양명한 장가는 늦게 둔 아들들에게 그렇게 가르쳤다. 그것 하나만 제대로 알아도 먹고사는 데는 큰 문제가 없으리라 믿었다.

 ―너 또한 세상 모두에게 좋은 사람일 필요는 없다. 너에게 필요한 사람에게만 좋은 사람이면 된다. 잘 들어라. 가장 중요한 사람이란 너에게 필요하고, 너를 필요로 하는 사람이다. 그다음 중요한 사람은 너에게 필요하지만, 너를 필요로 하지 않는 사람이다. 마지막으로, 전혀 중요하지 않은 사람은 너에게 필요하지 않지만, 너를 필요로 하는 사람이다.

 장가의 당부를 그의 아들들은 귀담아들었다. 나이는 어려도 아비를 닮아 허술하지 않은 아이들이었다. 대문밖에 나갔다가 들어올 때면 하다못해 돌멩이 하나라도 집어들고 왔다.

풍채 좋은 이가도 술이라면 장가와 황가에게 지지 않았다. 이가는 자신의 뱃구레에 마흔세 명의 밥줄이 걸려 있다는 현실을 알았다. 이가에게는 열 명의 처첩과, 그 처첩에 딸린 서른세 명의 자식이 있었다. 그들의 밥줄을 보전하는 길은 술상 앞에서 달게 먹고 마시는 방법밖에 없었다. 이가는 연회에서 밉보일까봐 머리는 낮추고 입은 빨리 놀릴 때마다, 젊을 적 환관이 되지 못한 것을 한탄했다. 이곳저곳 살과 뼈를 나눠준 경박함을 후회했다. 그의 정력이 업(業)의 근원이었다.

술을 많이 마시는 건 좋은 일이지만, 누구든 재상보다 먼저 취해 헛소리를 지껄이면 곤란했다. 술잔을 들고 하품하는 자는 입을 찢어 죽여도 시원치 않을 놈이었다. 잠이 유독 많은 누군가는 뾰족하게 간 쇠못을 손바닥 안에 숨겨놓았다가 손톱 밑을 쑤셨다. 또 누군가는 왕개미를 잡아다가 바지 속에 넣어두기도 했다. 그러면 살갗이 간지럽고 개미가 사타구니를 물어뜯어 잠이 싹 달아난다고 했다.

임가는 속설에 따라 술잔을 들기 전 소금 한 숟가락을 먹거나 붕사(硼砂) 가루를 삼켰다. 밤마다 집에서 임가를 기다리던 처는 지아비가 취해 주정을 할까봐, 속을 태우다못해 얼굴이 기미로 뒤덮였다.

—내가 왜 이러고 살아야 해, 응? 이렇게까지 살아야 해? 내가 종이야? 내가 누구야. 내가 누군데. 내가 열여섯 나이에 벼슬길에 오른 사람이야. 저만 사람이야! 저만 좋으면 그만이야! 이렇게 안 한다고 내가 못 사는 거 아니야!

술에 취해 집에 들어오자마자 임가는 아내를 앉혀놓고 주정을 했다. 악머구리 끓는 지긋지긋한 수도를 떠나 고향으로 내려가 살겠다고 울먹이기도 했다. 몸이 빼빼 마르고 낯빛이 까맣게 탄 임가의 처는 기름 냄새가 밴 옷가지를 주워담으며 취한 지아비를 달랬다. 혹시라도 술상 앞에서 똑같은 소리를 내뱉었을까봐 남편에게 묻고 또 물었다. 오랏줄을 들고 남편을 잡으러 오는 병사들은 없는지 문단속을 단단히 했다. 대문을 거는 빗장이 여섯 개였다. 지옥은 미궁 안이 아니라 자기 집 안방이라고 임가의 처는 한탄했다.

임가는 처의 말에 대꾸도 안 하고 옆으로 쓰러져 잠들었다가, 다음 날 아침 일어나 다른 말을 했다.

—그래도 불러주는 게 어디요. 이만한 자리 오르기도 쉽지 않은 일이지. 재상의 술상에 앉는다는 게 나라를 좌지우지하는 힘을 가졌다는 소리 아니겠소.

임가의 아내는 무조건 고개를 끄덕이고, 어김없이 맑은 국물을 상에 올려 들여왔다.

—내가 이 자리에서 물러나보라고. 요 자리를 노리는 쥐새끼들이 한둘이냔 말이오. 알지도 못하면서, 내가 재상의 눈 밖에 났다고, 목이 달아났다고 좋아 날뛰겠지. 죽을 때 죽더라도 남 좋은 일은 할 수 없지 않겠소?

임가는 처에게 자꾸 동의를 구했다. 동의를 안 해주면 당장 벼슬자리를 내놓을 사람처럼 묻고 또 물었다. 따끈한 국물을 한입에 털어넣어도 속이 풀리지 않아 임가는 뱃가죽을 쓸어내렸다.

구가는 술잔을 비울 때마다 냉수를 한 모금씩 삼키곤 했다. 그러나 동이 틀 무렵에는 입안에 머금은 물이 과연 물인지 술인지 가늠할 수 없는 지경이 되었다. 해가 떴는지 여태 밤인지조차 알아볼 수 없는 지경이었다. 장가에게는 임가의 이름을 부르고, 임가에게는 이가의 이름을 불렀다. 젓가락으로 마른안주를 집어 입에 넣지 않고 콧구멍에 쑤셔넣었다. 재상인 줄 착각하고 악공에게 큰절을 해서 사람들의 웃음을 산 일도 있었다. 본의와 다르게 사람들은 구가를 기인으로 오해했다. 재상에게 웃음을 주기 위해 광대짓까지 한다고 시기하는 사람들이 늘었다.

허리 굽은 관리들은 고기를 너무 씹어 이가 망가지고, 손톱 밑이 덧났다. 속병이 나 아침마다 약을 달여 먹었다. 배에 뜸을 놓았다. 제 손으로 독을 삼키고 그 독을 빼내려 뱃속을 쥐어짜는 격이었다.

소싯적 명필로 이름을 날렸던 정가는 수전증이 생겨 글씨를 쓰지 못했다. 일필휘지로 글을 써내려가던 손가락이 제멋대로 덜덜 떨렸다. 재상이 안주를 집으면 젓가락이 되고, 재상이 술을 마시면 술잔이 되어 비위를 맞춘 밤이 지나면 벼루로 제 입을 짓찧고 싶었다. 어째서 주둥아리는 차마 글로 옮기지 못할 더러운 말을 쏟아내는가. 내 손은 사악한 말을 종이에 옮기지 못하게 하려고 스스로 망가지는가보구나. 저 스스로 존엄을 지키려 드니 손이 머리보다 낫구나. 정가는 자진을 결심하기 전에 이웃나라에서 벼슬하는 옛 친구에게 밀서를 보냈다. 목청 높여 노래하는 새도 말고, 배를 땅에 대고 기어가는 짐승도 말고, 오직 사람으로 살다 죽게 해달라는 애걸이었다.

그러나 밀서에 적힌 정가의 글씨는 비뚤비뚤해서 알아보기 어려웠다. 정가의 달필을 똑똑히 기억하는 옛 친구는 대로했다. 정가의 편지일 리 없다, 함정에 빠뜨리려는 적의 교묘한 계략이다, 오해하고 편지를 태워버렸다. 편지를 넣은 가죽주머니를 이로 물고 비에 불은 강을 헤엄쳐 건넌 하인의 목까지 뎅강 베어버렸다.

머리가 잘린 하인은 죽고 나서도 억울함이 풀리지 않았다. 숨이 끊어진 후에도 주인의 안위를 걱정하고, 제 운명을 한탄하며 하염없이 눈물을 쏟아냈다. 머리통이 잘려 떨어진 마룻바닥에 동그란 물웅덩이가 생겨났다. 일꾼들이 머리를 치우고, 바닥에 고인 물을 닦아내자 하얀 소금 찌꺼기가 기묘한 문양으로 남아 있었다.

눈물 속의 소금이 만든 글자, 통(痛)이었다.

하지만, 글자를 봐도 읽을 줄 모르는 일꾼들은 눈물이 남긴 글자를 쓱쓱 젖은 걸레로 닦아버렸다. 머리가 잘려나간 몸통을 멍석에 말아 둘이 어깨에 메고 내갔다.

지옥은 지천이었다. 안팎으로 지옥이었다. 물론, 가장 지독한 지옥은 미궁 안이었다. 무시로 죽어나가도 울음소리가 나지 않는 지옥이었다.

늙은 조가는 이가 빠져 건더기를 씹지 못하고 국물만 삼켰다. 술의 독을 약한 이가 먼저 받은 탓이었다. 어금니부터 빠지기 시작한 이가 앞니까지 몽땅 빠져나가자 마침내 잇몸만 남게 되었다. 어느 밤, 잇몸을 드러내고 웃는 조가를 본 재상은 경기를 일으켰다. 금 술잔을 내던졌다.

—저 귀신이 안 보이느냐! 천은 뭘 하느냐! 당장 귀신을 잡아 족쳐라! 목을 쳐라!

재상이 팔팔 뛰는 동시에 천의 칼이 칼집에서 빠져나왔다 들어갔다. 술상 위로 떨어진 동그란 머리가 여전히 벌건 잇몸을 드러낸 채 웃고 있었다. 모두가 술 한 모금을 삼키는 시간에 벌어진 일이었다.

향연은 시작도 끝도 재상의 술잔에 달려 있었다. 잔치의 주인이 술상을 버려두고 혼자 마흔 칸의 방 가운데 한 곳으로 들어가버렸다. 남아 있던 관리들은 겉옷을 주워 입으며 원래 조가가 밉상이었다고 떠들었다. 눈치 없는 놈은 죽어야 한다는 데 의견이 일치했다. 아무래도 나랏일이 힘들어 재상의 고단함이 쌓인 것 같다고, 오늘도 술을 달게 마셨으니 한숨 자고 나면 다들 몸이 개운해질 거라고, 제각각 한마디씩 내뱉었다. 타인의 불운은 자신의 안전을 확인시켜주는 증거가 되기도 했다. 삶은 돼지머리와 늙은 조가의 머리가 나란히 올라 있는 술상을 하인들의 빠른 손이 거두어갔다.

얼마 후, 연회에 충실하려는 마음가짐과 달리 몸이 허해 견디지 못한 추가는 뒷간을 들락거리다 혼이 났다. 재상이 그에게 왜 자꾸 뒷간을 드나드느냐 물었으나 입을 열지 못했다. 술을 적게 마시려 뒷간에 갔다고는 고할 수 없었다.

—먹으라는 안주는 먹지 않고 뒷간에 드나드는 이유가 뭐요? 그곳에 산해진미보다 맛있는 음식이 있기 때문이오?

재상이 은근한 말투로 재차 물었다. 추가는 머리를 조아린 채 입을 봉하고 있었다. 목이 베일까봐 오그라들어 배탈이 났다는 변명조차 목구멍 밖으로 나오지 않은 탓이었다.

—먹을거리는 상 앞에 앉아 드셔야지. 쪼그리고 먹거나 서서 먹는 건 천한 것들이나 하는 짓 아니오? 편히 앉아 드시오.

재상은 추가에게 후의를 베풀었고, 추가는 뒷간에서 썩던 똥오줌 탄 술 세 동이를 밤새워 마셨다. 다음날 그가 숨이 끊어질 적에 목은 온전히 붙어 있었으나, 항문은 물론이고 눈, 코, 입, 귀, 일곱 구멍에서 새어나온 똥물이 요와 이불을 흠뻑 적셨다. 오장이 똥독에 전 시체를 염습하고 관에 넣은 뒤에도 똥냄새가 났다. 관에 흙을 덮어 묘를 만든 뒤에도 악취가 가시지 않았다. 죽은 추가가 입에 커다란 진주알을 물고 관에 들어갔다는 소문을 들은 도굴꾼들도 그의 무덤은 파지 않았다. 진주를 온전하게 꺼낸다 한들 썩은 내가 배서 쓰지 못한다고 도굴꾼들은 말했다.

곡소리가 그친 추가네 집은 기둥마다 벌집이 되었다. 아비가 땅에 묻혀, 더이상 아비를 부르지 못하게 된 추가의 큰아들과 작은아들이 가만있지 않았다. 그들은 거적을 감은 나무기둥에 번갈아가며 화살을 쏘고 표창을 날렸다. 큰아들은 부엌데기가 입에 떠넣어준 나물죽을 삼키면서도 활시위를 당겼다. 작은아들은 물구나무서서 자고(刺股)와 별표창을 흩뿌렸다. 안채고 바깥채고 기둥에 손가락 한 개 댈 자리가 없어지자, 그들은 처마를 향해 화살과 표창을 날렸다. 지붕에 올라 기왓장을 밟고 서서 독 위에 올려놓은 감을 표창으로 맞혀 터뜨렸다. 말을 몰아 달리면서 살을 쏘아 토끼 귀를 꿰뚫었다. 역풍에도 백발백중이었다. 장대비가 쏟아져도 어김없었다.

추가의 아들들은 빨리 나는 새의 부리를 맞혀 떨어뜨리는 날 나란히 미궁 담을 넘기로 했다. 삼년상을 마치기 전에 원수의 이마에 화살을 박고, 사지를 표창으로 뚫어놓을 심산이었다. 재상이 죽어 숭숭 구멍 뚫린 몸뚱이만 남으면 똥통에 박아넣어 뼈가 삭아 없어지는 날까지 기다릴 작정이었다. 그러나 빨리 나는 새와 울음소리만 넘을 수 있다는 미궁의 담을 어떻게 넘을지, 그들은 아직 몰랐다. 빨리 나는 새를 떨어뜨릴 수는 있어도 새처럼 몸을 띄울 줄은 몰랐다. 아들들의 복수를 오매불망 기다리던 추가의 늙은 아내가 병에 걸려 원수보다 먼저 죽었다. 추가 형제는 상복을 입은 동안 활과 표창을 잠시 내려놓았다. 그들의 발은 불행히도 화살과 표창만큼 빠르지가 않았다.

ㄱ. 재상의 의붓아들

아버지의 아홉번째 첩과 나는 식은 팥죽을 나누어 먹었다. 저녁으로 먹은 오리고기를 토하고 온 길이라 입속을 씻어내기에 단맛이 좋았다.

나는 심연이 종이에 이야기를 적던 붓을 빌려 쥐고 눈먼 점쟁이의 목이 지금 대들보에 매달려 있다고 적었다. 내일 아침이면 밥상을 들여놓는 하녀가 목매달린 송장을 발견하고 문지방에 엉덩방아를 찧을 거라고. 점쟁이 노파의 기름기 빠진 몸은 어머니의 몸과 달리 매우 가벼워서 대들보에 매달기 쉬웠다고도 썼다.

옛날에 어머니의 몸이 노파만큼 가벼웠더라면 대들보에 매달린 몸을 번쩍 들어올려 숨을 이어줄 수 있었을까. 사람들은 아니라고, 진작 굳어버린 송장이었다고 말했지만, 나는 누구의 말도 믿지 않았다. 어찌되었든, 여섯 살짜리 아이가 들어올리기에 어머니의 몸은 너무 무거웠다. 무슨 이유로 자식을 방문 밖에 놓고 목매달았는지 어머니는 물어볼 기회조차 주지 않았다. 매몰찼다. 어머니는 미궁 안에 홀로 남아야 할 어린 아들을 안중에 두지 않은 게 분명했다. 남은 가족을 위해 제 얼굴 가죽을 벗긴 자객을 본 적이 없어서 그랬던가. 모시는 사람을 지키기 위해 독약을 삼킨 하인을 가져본 적이 없어 그랬던가. 남아 있을 사람을 위해 희생하려는 결심이란 어머니에게 없었다. 그래서 나는 죽은 어머니를 미워하고, 남의 아내를 첩으로 빼앗아 죽게 만든 재상을 미워하고, 어미 아비 없는 소년을 박대하는 미궁 안의 사람들을 저주했다. 내가 마실 국물에 제 오줌을 타놓았던 재상의 외아들을 증오했다. 재상의 쪽박귀를 꼭 닮은 소년이 앓아누운 내 이불 밑으로 새끼 쥐를 잡아넣었던 밤, 그의 몸이 부러져 죽기를 빌었다.

아홉번째 첩은 어째서 점쟁이를 죽였느냐고 먹물로 적어 물었다. 그래서 나는 대답했다.

—아버지가 점쟁이에게 묻고 있어, 매일 밤, 곽이 어디 숨었느냐고.

아버지는 낮이 줄고 밤이 차츰 길어질수록 더욱 심하게 점쟁이를 들볶아댔다. 과거 그를 죽이려 든 살수가 한둘이 아니었던 터에, 곽에 대한 집착은 기이하다고밖에 설명할 수 없었다. 달걀조림을 밥상에 올렸던 요리사가 재상이 던진 주발에 이마를 맞아 그 자리에서 숨졌다. 영문을 아는 사람은 미궁 안에 아무도 없었다. 사람들은 어떤 일에서든 이유를 찾으려 들었고, 이유를 모르는 일만큼 두려운 게 없기에 '목소리'들은 살을 찌웠다. 검게 독이 든 달걀을 올린 요리사의 목이 밥상 위에 떨어졌다는 말로 담 바깥까지 내달아나갔다. 요리사의 목을 자른 칼은 그가 닭의 배를 가르던 식칼이라는 말도 돌았다.

재상은 어느 밤 나를 불러 얼굴 없는 자객의 새끼들은 어디 숨었느냐고 물었다. 아이들은 도망가고 없더라는 말에, 내뺐으면 잡아다가 어미처럼 족쳐야지, 그러고도 달게 잠이 오더냐고 악을 썼다. 나는 아버지의 독 오른 목소리를 들으며 내 운도 다했음을 직감했다. 어느 밤, 그는 잠을 못 자 충혈된 토끼 눈으로 악을 쓸 것이다.

—네놈 거죽 밑의 시커먼 속을 다 안다. 자는 동안 귓속에 대바늘을 찔러넣으려 했지. 국에 독을 타려고 했지. 천애고아를 거둬줬더니 장지문 밖에서 간교하게 일을 꾸몄지! 곽을 부추긴 자가 너냐?

그러고도 직성이 풀리지 않아 죄인에게 벌을 내릴 것이다. 낮이 채 밝기도 전에 돌담에 기대어놓고 화살을 연달아 날려 내 심장의 한가운데를 찾을 것이다.

나는 두렵거나 슬프지 않았다. 어쩌면 이런 때가 오기를 오랫동안 기다려왔는지 모르겠다는 생각도 들었다. 빨리 오지 않아 조바심이 났는지도 몰랐다. 얼마 전에 나는 얼굴 없는 자객을 사주한 자가 곽이 아니라 벼슬아치임을 확인하게 되었으나 발설하지 않았다. 무고한 상관을 해하기 위해 재상을 속이고, 나를 속이고, 그를 믿고 칼을 든 자객을 속인 악당을 치도곤 놓고 싶었으나 발설하지 않았다. 언제든 잡아들일 수 있는 벼슬아치보다는 잡아들일 수 없는 곽이 더 공포스러운 존재일 테니. 아버지가 눈이 빨갛도록 찾는 곽은 발병이 나 죽은 지 한참이고, 그의 아들은 머리를 깎고 산에 들어갔더라는 말은 절대로 하지 않을 거였다. 언제나 손에 잡히지 않는 것, 눈에 보이지 않는 게 보다 무서운 법이었다.

나는 물이 펄펄 끓는 솥에 알몸으로 들어가게 되더라도 발설하지 않을 속셈이었다. 솥 안에서 푹푹 삶아진 뒤 마당 위를 구르는 머리는 입이 찢어지게 웃고 있을 거였다.

깔깔

깔깔깔

깔깔깔깔 갈갈

불어터진 희멀건 머리통은 만두알같이 데구르르 구르고, 알맞게 삶
아진 웃음소리가 재상의 베갯머리에 달라붙어 떨어지지 않을 거였다.
영원히.

—점쟁이에겐, 아니 나에겐 아버지에게 건네줄 점괘가 남아 있지
않더군. 그러니 점쟁이는 입을 다무는 수밖에. 스스로 목을 맬 기회를
주었는데, 받아들이지 않았어.

나는 빙그레 웃으며 글자들을 마저 적었다. 그리고 혀를 잃은 첩이
밤마다 이야기를 이어가던 종이 뭉치를 가리키며 이번 이야기가 언제
쯤 끝이 나느냐 물었다.

심연은 내 얼굴을 가만 쳐다보다가, 첫서리가 내릴 때까지는 끝날
듯싶다고 대답을 적었다.

—다음번에는 혹시 내가 읽고 싶은 이야기를 써줄 수 있을까?

나는 물었다.

—어떤 이야기를?

—이곳, 미궁 안의 이야기. 내가 그동안 당신에게 들려주었던 비밀
들. 목소리들.

—그러면 주인공은 당신이 되는 건가요?

—아니, 아니지. 나는 절대로 주인공이 될 수 없어. 당신도 될 수 없
고. 이야기의 주인은 옛날부터 자객들이었으니까. 그러니 얼굴 없는

자객의 이야기를 적어줘.

　―그는 당신의 반대편에 서 있던 사람이 아닌가요?

　―글쎄, 그랬던가? 그런데 아무래도 그 이야기를 난 읽지 못할 것 같아. 만약에, 만약에 그렇게 되면, 이야기를 건네주고 싶은 사람이 있어.

　―누구죠?

　―얼굴 없는 자객의 아이들^.

　나는 잠시 붓을 들어올렸다가 다시 종이에 대고 적어내려갔다.

　―남자아이와 여자아이가 있어. 장주사라는 절에 숨어 있어. 내가 읽지 못하게 되거든 그 절을 찾아 전해줬으면 좋겠어. 내겐 이야기를 물려줄 자식조차 없으니.

　―그 아이들이어야 하는 연유를 말해줄 수 있나요? 이야기를 읽고 나면 이곳을, 당신을 저주하게 될 텐데.

　―맞았어. 저주받기 위해서야. 그애들은 꿈속에서도 쇠붙이를 담금질하겠지. 어떤 사람에겐 증오가 칼날을 갈 힘이 되기도 하더라고. 복수하기 위해서라도 부모 없는 그애들은 죽지 않고 살아남을 거야. 그럴 거야.

　나는 붓을 내려놓은 뒤 사발 안의 식은 팥죽을 마저 먹었다. 재상의 아홉번째 첩이 어째서 아이들이 있는 곳을 재상에게 고하지 않았는지 묻지 않아 다행이라 여겼다. 그런데 정말 나는 어떤 까닭으로 자객의 아이들을 장주사에 데려다놓은 걸까. 아이들은 나를 은인으로 알았다가 이야기를 전해 읽고 저주하게 될 텐데. 아이들을 구한 이유는 쥐가 들끓는 구덩이로 그들 어미를 몰아넣은 데 대한 죄책감일까. 아무래도 그건 아닌 것 같다. 어쩌면, 어쩌면 나는 고독감 때문에 아이들에게 증오를 알게 하고 싶은지도. 내가 느낀 고통을 똑같이 맞닥뜨릴 누군가가 있었으면 좋겠다고, 아주 오래도록 바라왔으므로.

—이런 밤에는 한낱 점쟁이가 아니라 재상의 목을 매달아야 하지 않겠어요.

한참 만에 심연의 붓이 물었다. 붓은 느리지만 간결하게 움직였다. 나는 가만히 그녀의 속눈썹을 들여다보면서, 이래서 내가 말 못하는 이 여자를 아끼고 있었나보다 생각을 했다. 그녀는 언제나 내가 말해준 것보다 더 많이 나를 알았다. 내가 하고 싶지만 차마 하지 못하는 말을 나보다 먼저, 때론 일부러 늦게 말해주는 사람이었다.

오늘밤 그녀가 건넨 말은 내가 꼭 하고 싶은 말이었으나 너무 늦은 말이 되어버렸다. 모두가 부질없는 일이고, 속절없는 감정이다.

—나에겐 그럴 자격조차 없다는 걸 알잖아. 언젠가 복수의 기쁨을 누릴 자객이 담을 타고 넘어오겠지. 아버지가 그때까지 오래도록 목숨을 부지했으면 좋겠어. 매일 밤 얼굴 없는 귀신과 다투는 꿈을 꾸었으면 좋겠고, 차라리 명을 끊으러 올 자객을 기다릴 만큼 지옥을 보았으면 좋겠어. 나는 정말이지 그런 밤이 끝없이 계속됐으면 좋겠어. 내가 이곳에서 사라져버린 뒤에도.

나는 그간 내 죽음보다 아버지의 죽음에 대해 더 많이 생각해왔다. 그렇지만 지금은 나 자신의 죽음을 생각해야 할 때라는 예감이 들었다. 이상하게도 나쁜 예감은 어김없이 들어맞곤 한다. 재상의 운명을 예언해온 점괘도 실상 대들보에 매달린 엉터리 점쟁이가 아니라 내 입에서 나온 말이었으니, 나도 운명을 전혀 모르는 자라고는 할 수 없을 것이다.

그런데 이 두근거리는 마음은 무얼까. 이것은 마치 이야기가 시작되기를 기다리며 이야기꾼의 입술에서 눈을 떼지 못하는 아이의 것 같은 설렘이었다. 세상을 떠돈 눈먼 점쟁이와 마찬가지로 나를 위해 제상(祭床)을 차려줄 자식은 없을 테지만, 상관없었다. 나는 죽을 날에 가까이 닿고서야 비로소 내 뼈와 같이 자라난 고독, 환관 같은 고독에서 벗어난 느낌이 들었다. 내가 물려줄 증오를 삼키고 뼈와 살을 불려갈 아이들이 있다는 사실이 누구에게도 설명하지 못할 위안이 되었으므로.

여름은 밤이 짧지만, 내일 아침이 올 때부터 낮이 물러가기를 간절한 심정으로 기다릴 작정이었다. 밤은 더디 오더라도 오기는 올 것이다. 해가 뜬다는 것은 머지않아 질 것이라는 약속이므로.

나는 심연의 방문을 열고, 들고 들어왔던 신발을 댓돌 위에 내려놓았다.

팥죽처럼 달고 검은, 여름밤이었다.

ㅅ. 얼굴 없는 자객의 아이들

얼굴 없는 자객의 아이들 이름은 명(冥)과 정(貞)이었다. 집을 떠나던 해에 사내아이인 명은 열한 살, 여자아이인 정은 여섯 살이었다. 두 아이는 고모를 따라 이웃 마을 장에 구경 간 날 이후로 두 번다시 부모를 만나지 못했다. 명이 그날 아침 밥상에서 고기조림을 남기고 일어날 적엔 저녁에 집에 돌아와 남은 음식을 마저 먹게 될 줄 알았다.

그날부터 칠 일 동안 명과 정은 곡식가게 곳간에 숨어 물과 날쌀만 씹어 먹었다. 주변을 살펴보고 오겠다며 물동이를 넣어주고 나간 고모는 돌아오지 않았다. 굳게 닫힌 문짝만 쳐다보다가 잠이 오면 눈을 감고, 잠이 깨면 눈을 떴다. 날쌀을 한줌 입에 넣고 잠이 들었다 깨면 딱딱한 쌀알이 침에 불어 있었다. 명은 먹다 두고 온 고기조림을 떠올리며 쌀을 삼키곤 했다. 곡식 가마니 뒤편에 숨어 앉은 정은 처음에 숨바꼭질인 줄 알고 웃다가, 반나절도 지나지 않아 훌쩍이기 시작했다. 고모가 왜 안 오느냐 울고, 장에서 말을 안 들어서 버리고 갔느냐 울었다. 눈물과 땀과 침이 범벅이 되어 울었다. 하룻밤이 지난 뒤부터는 곳간 구석에 싸놓은 똥오줌 냄새가 싫어 울었다.

어둠 속에서 두 아이를 꺼내준 사람은 얼굴이 원숭이를 닮은 낯선 사내였다. 사내는 뱃속이 말라붙은 아이들에게 흰죽과 젓갈을 먹이고, 육포와 말린 과일을 넣은 등짐을 지워줬다. 칼잡이를 시켜 강과 사막을 지나 산과 산으로 겹겹이 싸인 골짜기로 보내주었다. 골짜기에는 아이들이 숨어살아갈 '장주사'가 있었다.

아이들은 인중이 아주 긴 원숭이 얼굴의 사내를 은인으로 여겼다. 하지만 명도, 정도, 그의 눈과 코와 입을 또렷이 기억하지는 못했다. 그의 이름도 몰랐다. 사내에 대해 생각하면 생각할수록 떠올린 이목구비가 일그러졌다. 희미하게 지워졌다. 때론 아비의 얼굴과 헷갈리기도 했다. 때문에 두 아이는 그를 그냥 '원숭이 얼굴'이라 불렀다.

장주사는 아이들이 살던 집보다 밤이 긴 곳이었다. 승려가 여섯인 작고 조용한 절이었다. 찾아오는 불자도 드물었다. 주지인 노승을 제외한 젊은 승려들은 날이 밝자마자 칼이며 창을 손에 잡았고, 밤이 깊도록 염불을 읊었다. 승려들은 그들 자신과, 혹은 자신의 쇠붙이와 대화하느라 바빠 아이들의 아비가 누구인지 묻지 않았다. 장주사까지 흘러든 제 이력도 풀어놓지 않았다. 적게 먹고 적게 말하는 그들은 겉으로 평온해 보였다.

절 안에서의 시간은 고요해서 검은 점같이 고여 있는 듯했지만, 이는 사실과 달랐다. 어린 명은 곳간의 어둠 속에서 칠 일 만에 나온 후로 비밀을 한 가지 갖게 됐다. 이전엔 듣지 못한 많은 소리들이 귓속으로 들어왔다. 어둠은 명을 밤에 숨은 짐승처럼 귀 밝은 소년으로 만들어주었다. 명은 장주사에서 남의 칼을 빌려 손에 쥐어본 다음부터 쇠붙이 소리에 귀를 기울였다. 예민해진 귓속으로 쟁쟁쟁 쇳소리가 쏟아져들어왔다. 날이 선 소리들은 분노로 들끓었고, 때론 용서를 말했고, 저물녘엔 주어진 운명에 대해 속삭였다. 칼은 그의 주인이 말하지 않은 슬픔까지 대신 전해주곤 했다. 명은 귓속으로 들락거리는 '목소리'들을 들으며 자신에게 주어진 운명에 대해서도 생각해보곤 했다. 소년은 태어날 때 얼굴에 피가 묻었다는 얘기를 듣고 자랐다. 어머니가 명을 낳던 밤, 물을 끓여가지고 산파에게 가져다주었다는 명고모의 말이었다.

　—태어날 때부터 안면에 피가 묻었으니, 사람 죽일 팔자를 타고난 거지.

　뒤늦게 장주사로 찾아온 고모는 남매에게 쌉쌀한 쑥떡을 먹이며 중얼거렸다. 그렇게 말할 때 명 고모는 안됐다는 표정이 아니라 살짝 흥분에 찬 눈빛이었다. 고모는 앞니로 아랫입술을 깨물고 웃었다.

　명은 고모가 웃을 때마다 그와 동생이 어둠 속에 숨어 있는 동안 어디에 가 있었느냐고 묻고 싶었다. 어째서 돌아오지 않았느냐고 따지고 싶었지만, 그러지는 않았다. 고모가 그들을 버렸었다고 생각하고 싶지 않았다. 그런 생각을 확인받고 싶지 않았다. 그보다는 고모가 광인이기 때문이었다고 믿고 싶었다. 실제로 고모는 이상하기도 했다.

　봄가을로 찾아오던 고모가 명이 열다섯 살 되던 해에 발을 끊은 뒤로는 동생 정이 똑같은 말을 따라 했다.

　—태어날 때부터 안면에 피가 묻었으니, 오빠 사람 죽일 팔자를 타

고난 거야.

—그 말을 어떻게 믿어. 고모는 반 미친 사람인데.

명이 말을 해도 정은 들어먹지 않았다. 명은 고모의 말을 지워버리고 싶었지만 그러지 못했다. 정의 목소리가 가랑가랑한 고모 목소리를 똑같이 닮아 잊어버리려야 잊어버릴 수가 없었다. 명과 달리 몸이 허약해서 자주 앓는 정은 고집 센 아이였다. 고모가 광인이라는 데도 동의하지 않았다. 명의 기억으론, 찾아올 때마다 자객과 미궁과 살육과 복수에 대한 소리만 늘어놓은 여자인데도 그랬다.

—사람이 집착이 심해지면 분별을 잃을 수도 있는 법이란다.

명에게 칼 쓰는 법을 처음 가르쳐준 늙은 스님에게 고모가 미쳤는지 안 미쳤는지 물어봤더니, 그렇게 대답해주었다. 고모의 병이 고모에게서 그쳤더라면 좋았으련만, 그것은 무병처럼 정에게 내려앉고 말았다. 정에게 병이 완전히 옮아간 건 고모가 아이들을 마지막으로 찾아온 해였다.

그해 봄, 고모는 쑥떡 보따리 안에 이야기책 한 권을 넣어가지고 왔다. 벙어리가 쓴 이야기책°이었다. 책 안에는 미궁에 숨은 재상과, 재상의 의붓아들과, 재상을 죽이러 미궁 안으로 들어간 자객과, 재상의 의붓아들에게 잡혀서 죽임을 당한 자객의 아내가 있었다. 이야기 속에서 이 모든 이야기를 기록하는 혀가 잘린 여자도 있었다. 언젠가 아이들이 고모에게 들은 이야기와 닮기도 하고, 다르기도 한 이야기였다. 기이한 이야기였다.

그리고, 이야기 속에는 명과 정이라는 이름을 가진 자객의 아이들이 나왔다.

명은 이야기책이 사실인지 아닌지 묻고 싶었으나, 고모는 돌아오지 않았다. 고모는 보고 싶지 않을 때 찾아오더니, 필요할 때 오지 않았다. 매사에 그런 식이었다. 고모에게 왜 곳간으로 돌아오지 않았느냐고, 어머니였다면 절대로 혼자 도망가지 않았을 거라고 진작 말하지 못해 명은 억울했다. 비난할 기회를 잃어버려 억울했다.

장주사의 늙은 스님은 고모가 건네준 이야기책에 대해 알지 못했다. 알았다면, 아궁이에 넣어 태워버렸을지 몰랐다. 명은 늙은 스님이 젊은 스님을 꾸짖는 광경을 엿본 적이 있었다. 늙은 스님은 복수가 순리를 거스르는 일이라 말했다. 젊은 스님은 복수가 순리를 따르는 일이라고 말했다. 두 사람의 말은 각기 달랐지만, 목소리는 다 슬펐다.

—미움도 병이라고 했잖느냐.

노스님이 말했다.

—약이 아니라 병이 저를 살게 합니다. 아픔을 느끼지 못한다면 죽은 자와 마찬가지지요.

새가 지저귀는 소리를 들을 때도, 쫄깃한 떡을 씹을 때도, 아무 표정 짓지 않는 젊은 스님 곽이었다. 아이들에게 웃는 얼굴을 보여준 적도 없는 스님이었다. 명이 어렸을 때는 앞니가 검게 썩어서 웃지 않는 사람인 줄 알았는데, 나중에 보니 고른 앞니가 하얬다. 정은 그런 곽을 잘 따랐고, 명은 그것을 이상하게 생각했다. 명은 산에서 돌멩이를 주워도 동그란 모양이 아니라 모가 난 모양만 줍는 여동생을 이해할 수 없었다. 정은 떡을 빚어도 매끈한 모양이 아니라 찌그러진 모양으로 빚어 스님들의 잔소리를 들었다.

—잊어버릴 때가 되지 않았느냐.

―누구를 위해 잊어버려야 합니까?

　젊은 스님이 물었다.

　―다른 이를 위해서가 아니다. 너 자신을 위해 잊어버리라는 말이다.

　―틀렸습니다. 제 인생은 잊어버리든 잊어버리지 않든 달라지지 않아요. 제가 잊어버려서 좋을 사람은 제가 아닙니다. 스님 말씀이 맞다면, 그렇다면 저에게 왜 칼을 주셨습니까?

　―세월이 칼날을 날카롭게 했으나, 너는 순해지지 못했구나.

　―세월을 알수록 너그러워진다고 하지요. 거짓입니다. 세월을 알수록 너그러워지는 게 아니라 두려워하는 겁니다. 죽음에 가까이 갈수록 죽음을 가벼이 여겨야 하는데, 가까이 가면 갈수록 무겁게 여기고 있어요. 죽음이 두려워서 눈을 감고 있어요. 모두가 틀렸습니다. 저는 세월을 따라가지 않겠어요. 증오가 저를 한곳에 머물게 합니다.

　명으로서는 그들의 얘기를 잘 알아들을 수 없었다. 하지만 이야기책이 복수를 말한다는 것은, 늙은 스님이 싫어할 얘기를 담고 있다는 사실은 알고 있었다. 노스님에게 이야기책을 펼쳐 보일 수 없었다.

　늙은 스님은 명이 고모를 기다리는 줄 아는 눈치였다. 스님 말로는 고모가 방물장수가 되어 국경을 떠돈다고 했다. 귓속에서 쇳소리가 나 머리를 앓는 바람에 집밖을 헤매게 되었다고 했다. 세상에는 쇳소리를 잠재우기 위해 바람 소리를 불러와야 하는 사람도 있는 법이라고. 노승의 말을 들은 명은 자신에게도 쇳소리를 잠재우기 위해 바람 소리를 불러와야 하는 날이 오는 건 아닌지 두려웠다. 혹여 고모를 닮게 될까봐 겁이 났다. 어릴 적 명의 아버지는 사람을 미워하지 말라고 가르쳤다. 미워하면, 미워하는 사람을 닮게 된다고. 아버지의 말이 옳다면 명은 고모를 닮을 수밖에 없었다. 눈을 감고도 파리의 각을 뜨는 자객도 아니고, 지혜로운 어머니도 아닌 광인을 닮게 되다니! 그럴 수는 없었다.

명은 세상 모든 소리가 와글와글 들어오는 제 귀가 돌연 두려웠다. 귓구멍을 솜으로 틀어막고 싶었다. 바람 소리가 아니라면 무엇으로 쇳소리를 잠재울 수 있을까. 명은 겁이 나서 뒷산 비탈을 달려오르고 달려내려왔다. 다리를 단련한다는 핑계로 겉옷이 땀에 젖도록 뛰어다녔다. 명이 물지게를 지고 백팔 계단을 오르내릴 때면 돌계단에서 웅성거리는 '목소리'가 들려왔다. 계단에 스민 '목소리'들엔 각기 사연이 있었다. 사연이 저마다 길었으나, 결국엔 복수를 말하고 있었다. 복수의 대상도 다르고, 복수의 방식도 제각각이었다. 그 소리가 집요해서 소년은 또 겁이 났고, 이불솜을 뜯어 양쪽 귓구멍을 막았지만 소용없었다. 귀가 너무 밝아 솜으로 틀어막은 구멍 속으로 복수를 말하는 '목소리'가 스며들어왔다. 솜옷을 적시는 빗물처럼 속속 스며들었다.

집요한 것은 '목소리'만이 아니었다. 글자를 늦게 깨친 열 살의 정은 온종일 툇마루에 앉아 이야기책만 되풀이해 읽었다. 이야기책은 어린 정의 경전이었다. 몇 차례 더 읽으면 책 속의 글자가 지워져 달아날 것 같았다.

—원숭이 얼굴, 기억해?

툇마루에 쪼그려앉아 나물을 다듬던 정이 명에게 물었다. 명은 날이 무딘 칼로 허공에 필(必) 자를 쓰고 또 썼다.

―원숭이 얼굴이 정말 재상의 의붓아들이었을까?

정은 또 물었다. 정은 궁금한 게 아주 많았다.

―어머니를 죽인 자가 우릴 구해줬을 리 있겠어.

명이 대꾸했다.

―그건 그래.

―이치에 맞지가 않아.

―하지만 이야기책에 분명히 적혀 있는데. 복수해야 할 사람들이 누군지.

정이 나물을 다듬는 칼은 작지만, 끝이 날카로워 보였다.

―조심해. 손을 벨지도 몰라. 칼을 들고 일할 때는 이야기를 하지 마.

―괜찮아. 이 칼은 익숙해.

정은 고집이 셌다. 작은 손으로 여전히 칼자루를 쥐고 있었다.

―그건 그냥 이야기일 뿐이야.

명은 하던 이야기를 계속했다.

―그래서, 거짓말이라고?

―거짓인지 아닌지 어떻게 알겠어. 우린 아무것도 몰라.

―내가 왜 몰라.

―넌 장주사 바깥에 뭐가 있는지도 잘 모르잖아.

명은 장주사에서의 시간이 흐르면 흐를수록 바깥으로 나갈 날이 두려워졌다. 산속으로 숨어들어오기 전에 살던 집은 기억 속에서 가물가물했다. 자객이었던 아비의 얼굴도 또렷하게 그릴 수 없었다. 아비를 생각하면 삶은 달걀처럼 눈 코 입이 지워진 하얀 얼굴이 떠올랐다. '원숭이 얼굴'과 아비의 얼굴이 겹쳐 보인 적도 있었다. 아비의 얼굴이 영원히 기억나지 않았으면 싶은 밤도 있었다.

명은 그러나 정에게 아무 말도 하지 않았다. 계단에서 아우성치는 '목소리'들에 대해 한 번도 말한 적이 없었다. 정이 열두 살이 되면 함께 장주사를 떠나야 한다는 약속에 대해서도 미리 말하지 않았다. 두려움은 칼을 쥐고 있을 때에만 한 발짝 떨어져 있었다. 그래서 명은 칼에게만 고백하고, 그것에 의지했다. 노스님은 칼만큼 정직한 사물이 없다고 가르쳐주었다.

명과 반대로 정은 장주사 밖으로 나갈 날을 꿈꾸었다. 여섯 살에 장주사로 들어온 정에게 절 바깥은 구덩이에 묻힌 기억이거나, 그렇지 않으면 이야기책 속의 세상이었다. 부모도 친구도 없는 장주사에서의 유년은 정의 머리를 기억의 구덩이에 파묻게 했고, 상상의 배에 올라타게 했다. 정은 절에 숨어사는 고아가 아니라, 이야기의 주인공이 되고 싶어했다.

—그렇지 않아, 오빠. 이건 진짜야. 이 책이 우리한테 온 이유는 바로 우리 이야기이기 때문이야. 우리 것이기 때문에 우리한테 왔다고.

—정말 그럴까. 이야기가 우리에게 복수를 말하는 걸까. 그게 아니면 안 된다고?

—세상에 우연이란 없댔어. 모든 일에는 그래야 하는 이유가 정해져 있는 법이라고.

—누가?

—젊은 스님이.

—그의 말을 믿어도 될까?

—그가 말했어. 우연은 우리가 이해하지 못하기 때문에 우연이라

고. 내가 우연을 이해하게 되는 때, 모든 우연은 필연으로 이어진다고 말했어.

이야기에 들린 여동생과 칼에 들린 오빠는 같은 대화를 수도 없이 나눴다. 누가 무슨 이유로 이런 책을 썼는지, 이것을 고모가 건네준 이유는 무엇인지 이해할 수 없었지만, 언제부터인가 그들의 운명은 복수가 되었다. 복수를 원하는지 그렇지 않은지 스스로 가늠하기 전부터 명은 손에 칼을 쥐어왔고, 쥐고 보니 칼로써 행해야 할 일이 보다 분명하게 다가왔다.

잉잉 잉—

명은 칼의 말에 귀기울였다. 결국 그렇게 칼의 '목소리'를 이해했다. 자객의 아이들은 증오를 삼키고 뼈와 살을 불려갔다. 그것만은 틀림없는 진실이었다.

0. 벙어리가 쓴 이야기책

　나쁜 예감은 언제나 들어맞았다. 마당에 책사를 끌어내던 아침처럼 밤공기가 살기로 떨리는 날이었다. 여름밤 발작을 일으킨 재상은 꼭 두새벽에 의붓아들을 꿇어앉혔다.

　재상의 의붓아들에게 붙여진 죄목은 많았다. 얼굴 없는 자객을 보낸 곽을 잡지 못한 죄, 재상의 자리를 노리고 국에 독을 탄 죄, 바깥에서 음모를 꾸미는 자객들과 내통한 죄, 늙은 왕과 재상 사이를 이간질하려 든 죄.

　—핏줄도 아닌데 알뜰히 거둬주었더니, 역시 머리 검은 짐승은 은혜를 원수로 갚는구나. 하나, 잠시나마 아비였던 인연으로 은혜를 베풀겠다.

　재상은 밤새 귀신에게 베어물린 다리가 시려 어금니를 악물었다. 날이 갈수록 대담해지고 탐욕스러워진 귀신들은 종아리와 무릎도 모자라 허벅지까지 앞다투어 뜯어먹었다. 겨울이 오고 밤이 더 길어지면 허리까지 베어먹을 기세였다. 흉년 끝에 이빨만 멀쩡한 들쥐떼와 다름없었다.

미궁의 안쪽 마당은 어제의 마당과 오늘의 마당이 같았다. 마당으로 끌려나온 사람만 달랐다. 마당에 꿇어앉은 죄인에게 죄목을 하나하나 읊어준 뒤였으나, 죄목이 사실과 다름은 만인이 알고 재상도 알았다. 재상이 의붓아들을 벌하려는 까닭은 곽을 잡아들이지 못해서가 아니었다. 딴마음을 품었다가 들킨 탓도 아니었다. 다만 재상은 의붓아들이 저보다 덜 고독해 보여 벌하고 싶었다. 자신이 미궁 안에서 고통받는 만큼 남들에게도 고통을 주고 싶었다. 혀가 잘리든 살이 뜯겨나가든, 발목을 베어먹히는 것과 똑같은 고통을 느끼는 얼굴을 보고 싶었다. 자신만큼 악독하기로 이름난 의붓아들을 아끼기도 했지만, 저보다 덜 외로워 보여 미워했다. 내버려둘 수가 없었다. 충실한 사냥개를 못 쓰게 될지라도 어쩔 수가 없었다. 재상은 그에게도 피 묻은 장지문 안쪽에 홀로 남은 자의 고독을 알려주고 싶었다. 누구에게도 진심으로 사랑받지 못하는 자의 고독을 맛보게 하고 싶었다.

그러면 녹이 슨 칼날의 안쪽까지 샅샅이 핥을 수 있을 것 같았다.

그런 생각이 들자 재상은 무릎이 시리지 않았다. 오늘밤은 달게 잠이 들 수 있을 것 같았다. 재상은 의붓아들에게 서둘러 두 가지 운명을 던져주었다. 첫번째는 책사와 같이 사지가 찢겨 죽는 형이요, 두번째는 환관이 되어 불로초를 구하러 떠나는 임무였다. 의붓아들이라면 반드시 두번째 운명을 선택하리라 믿었다.

재상의 의붓아들이 재상에 대해 누구보다 잘 아는 것처럼, 의붓아들에 대한 재상의 짐작도 맞아떨어졌다. 예상했던 바대로 의붓아들은 환관이 되는 운명을 순순히 택했다. 그는 평생 환관과 같은 고독 속에 살아왔고, 어쩌면 그것이 태어날 때부터 주어진 운명일지 모른다고 여겨왔다. 그러므로 받아들이지 못할 형벌도 아니었다. 돌아올 경로를 돌보지 않고 남들이 이르지 못한 곳까지 가보고 싶었는데, 그 방향이 바다 건너 남쪽이 될 줄 몰랐을 따름이었다. 젯밥을 올려줄 자식을 만들지 못한 일도 아쉽지 않았다. 자신이 물려줄 증오를 삼키고 뼈와 살을 불려갈 자객의 아이들, 명*과 정이 있다는 사실이 누구에게도 설명하지 못할 위안이 되었다.

날카로운 칼날에 살덩이가 잘려나가는 순간, 재상의 의붓아들은 혀가 잘린 여자의 얼굴을 떠올렸다. 다디단 팥죽에 한 숟가락을 집어넣어 그녀와 나누어 먹고 싶었다. 그녀는, 역시 칼날의 날카로움을 제 몸으로 받아 알게 된 사람이므로.

재상은 고독을 알려주기 위해 의붓아들을 거세했지만, 의붓아들은 그로 인해 혀가 잘린 첩의 고독을 좀더 이해할 수 있게 되었다. 그 마음이 그를 기쁘게 만들어주었다. 기쁨이 살을 베인 고통에 앞섰다. 죽음을 면해 기쁜 것이 결코 아니었다. 환관이 되자마자 그는 웃을 수 있었다. 더이상 외롭지 않았다. 상처는 그가 그녀와 나누어 가진 부절(符節)이었다.

재상의 의붓아들은 환관이 됨으로써 비로소 고독에서 벗어날 수 있었다.

ㅈ. 명
—태어날 때 얼굴에 피가 묻은 소년

아버지는 눈을 감고도 파리의 각을 뜨는 칼솜씨를 지닌 자객이었다. 그가 살의를 품고 달릴 때는 너무 빨라 그림자가 생기지 않았다고 한다.

나는 아버지를 닮기 위해, 죽은 아버지의 복수를 위해 밤낮으로 칼날을 갈았다. 작은 방안에 십수 마리의 파리를 가두어두고 칼로 몸통을 베는 연습을 했다. 그러나 파리는 짐작보다 빨랐다. 작았다. 앵앵앵. 저마다 아우성치는 소리에 칼의 중심이 흐트러졌다. 파리는 사람을 놀리듯이 요리조리 빠져나갔다. 여동생인 정은 파리의 각을 뜨라고 단물을 만들어 부지런히 잡아왔지만, 나는 한 번도 파리의 각을 뜨지 못했다. 내가 사팔뜨기인가 하고 거울을 들여다보고 또 봤지만 검은자는 멀쩡했다. 한가운데 박혀 있었다. 할 수 없이 정에게는 파리를 여섯 쪽의 티끌로 갈라 마당에 묻었다고 거짓말을 했다. 장주사의 젊은 스님들과 목검으로 대련을 해서 이겨본 적이 한 번도 없다는 고백

또한 하지 않았다. 내 칼이 각 뜰 수 있었던 건 느리게 벽을 타고 기어가는 돈벌레뿐이었다.

열두 살이 된 정과 나는 약속대로 장주사를 나오기로 하고, 가까운 골짜기에 초막을 짓기 시작했다. 노스님은 우리 남매가 아랫마을로 내려가 사람들과 어울려 살길 바랐으나, 나는 산을 떠날 수 없었다. 파리의 각을 뜨고, 빠른 새처럼 허공에 몸을 띄울 수 있기 전에는 세상으로 내려갈 수 없었다. 아비의 원수가 들어앉아 있다는 미궁은 담이 높았다.

—아랫마을 사람들은 우리와 달라. 원한 없는 사람들이 우리 말을 들어줄 리 없어. 우리를 이해해줄 사람은 우리 자신밖에 없다고.

정 역시 아랫마을로 내려가고 싶어하지 않았다. 정이 아는 세상은 농사를 짓고 가축을 길러 먹고사는 산밑의 마을이 아니었다. 정의 세상은 오직 칼로 싸우는 자객과 말로 싸우는 이야기꾼의 세상이었다. 칼은 돼지를 잡는 데 쓰는 도구가 아니라 사람의 살을 베고 찌르는 데 쓰는 것이었다. 삶과 죽음을 가르는 것은 병이 아니라, 늙음이 아니라, 칼이어야 했다. 고모가 건네준 이야기책의 글자들은 진작 닳아 없어졌지만, 정은 이야기를 언제든 줄줄 외워 말했다. 이야기는 완전히 정의 말이 되었다.

—정은 이야기에 들린 아이다.

늙은 스님이 말했다. 불상을 보고 돌아앉아, 내게는 구부정한 등만 보였다. 구부정해서 더 완고하게 보이는 등이었다.

—그것도 병인가요?

정은 나에게 하나밖에 없는 동생이었다. 유일한 핏줄이었다. 우리의 운명은 한갈래였다.

—병이라면 그것도 병이겠지. 하지만 이야기에 들린 병에는 약도 없다. 약이 있다는 풍문은 들어보지 못했어.

스님이 대답했다.

철이 바뀔 때마다 절에 드나드는 사람 가운데에는 곡식을 지고 나르는 아랫마을 가게 주인이 있었다. 정은 그에게 이야기책을 부탁해 얻어 읽었다. 복수나 인과응보를 담은 이야기라면 무엇이든 가리지 않았다. 오래 삭은 이야기 위에 새로운 이야기가 덧씌워졌다. 이야기와 이야기가 구분 가지 않아도 상관없다고 정은 말했다. 모든 이야기는 한길로 흐르기 때문이라고 했다. 나는 정의 말이 잘 이해가 가지 않았다. 스님의 염려대로 점점 깊어지는 동생의 병이 걱정스러웠다.

짐보따리를 싸서 절에서 아주 나오던 아침은 볕이 좋았다. 천문을 볼 줄 아는 스님이 길일이라고 정해준 날이었다. 노스님은 오래전에 맡아놓은 물건이라며 은전과 약간의 패물을 건네주었다. 뜻밖의 일이었으나, 정과 나는 그것이 누구에게서 왔는지 묻지 않았다. 우리 남매의 목표는 복수였다. 복수라는 명분보다 중요한 건 없었다. 우리를 장주사에 데려다놓은 '원숭이 얼굴'이 은인이면 안 되었다. 그는 복수의 대상일 뿐이었다. 원수를 이해해야 할 필요는 없었다. 흔들리는 칼날로는 무엇도 벨 수 없다는 진실을 나는 배워 알았다.

초막에 이불 보퉁이를 내려놓고 방에 불을 넣자마자 정은 풀을 쑤어 집안 곳곳에 종이를 붙였다. 새집에서 잡귀를 쫓는 단사(丹砂) 부적이 아니었다. 검은 먹물로 글자를 적은 네모진 종이였다. 정은 옷보따리에 넣어가지고 온 스무 장의 종이를 기둥에도 붙이고, 벽에도 붙이고, 문짝에도 붙였다. 간신히 비만 피하도록 작게 지은 집이라 문을 열었다 닫았다, 앉았다 섰다. 몸을 움찔거릴 때마다 종이와 마주치지 않을 도리가 없었다. 어떻게 해도 종이를 피할 도리가 없었다.

종이마다 전부 적혀 있는 글자는 오로지 '와신상담(臥薪嘗膽)'이었다. 와신상담.

와신상담이라는 말을 이야기책에서 배웠느냐고 정에게 물었더니, 웃지 않는 스님 곽을 통해 알았다고 대답했다. 곽이 밤새 기척도 없이 절을 떠난 날 그의 방안에 들어가보았다고 했다. 주인 없는 방 바닥에 길게 누워 천장을 올려보았다가 그 글자를 발견했다고 했다. 와신상담. 방의 주인은 천장에 붙여놓은 종이를 누울 때마다 보지 않았겠느냐고 정이 물었다. 아침에 눈을 뜰 때 가장 먼저 보았던 글자, 아파서 누워 앓으며 올려다본 글자가 와신상담 아니었겠냐고 물었다.

―그랬겠지. 그래서 그 말을 배웠구나. 너는 아버지와 어머니의 죽음을 절대 잊지 않겠구나. 미궁에 들어앉은 살인귀를 잊고 살지 않겠구나.

그밖에는 동생에게 해줄 말이 없었다.

생각이 많은 정은 밤에 잠이 없었다. 새벽마다 정화수를 떠놓고 기도했다. 오라버니의 칼날이 달빛을 가르게 해달라고, 원수의 염통을 찢게 허락해달라고 기원했다. 내가 태어날 때 얼굴에 피가 묻었다니 반드시 살인자가 될 팔자이고, 그러니 미궁 담을 넘어 재상을 죽일 수 있으리라 장담했다. 정의 말이 너무 단호해서 때론 어린 동생이 두려웠다. 만약에 재상과 의붓아들을 죽이지 못하면 내가 대신 죽게 될 것 같았다. 정이 분하고 악에 받쳐 펄펄 뛰다가 자고 있는 내 목에 녹슨 칼날을 찔러넣을 것 같았다.

—칼은 쓰라고 만들었지, 칼집에 넣어두라고 만들었냐!

고모를 닮은 목소리로 바락바락 소리치면서 오빠를 죽일지 몰랐다. 정은 그러고도 남을 아이였다.

두려우면 두려울수록 나는 파리의 각을 뜨는 데 집착했다. 초막에 사는 파리도 장주사에 사는 파리만큼 빨랐다. 날벌레조차 이기지 못한다면 어떻게 칼잡이들을 이기겠는가. 파리의 각을 뜨는 일을 포기할 수 없었다. 정은 끈기 있게 단물로 파리를 잡아 방안에 넣어주었다. 파리가 도망치지 못하게 방문 틈에 문풍지를 발라주었다. 그렇지만 독 안에 든 쥐도 경우에 따라서는 놓칠 수 있었다.

앵앵 앵. 파리들은 날개에 불붙은 듯 빠르게 날고, 그들의 '목소리'가 귓속을 어지럽혔다. 와신상담. 와신상담. 그 소리가 격려인지 조롱인지 알아들을 수 없었다. 나는 파리를 향해 칼날을 휘두르다 어지러우면 칼을 잠시 내려놓았다. 자객에겐 칼과 구분이 가지 않게 쇠처럼 강한 손이 필요하다고 생각했다. 무쇠솥에 뜨거운 모래를 담아 손으로 찌르며 단련했다. 솥에 담은 모래를 달구는 일도 정의 몫이었다. 어린 정은 몸이 약해 자주 앓았지만, 해야 할 일을 버려두는 적은 없었다. 날이 좋으면 뒷산에 올라가 몸에 좋다는 약초를 캐다 저는 먹지 않고 나에게만 먹였다. 자객에게는 칼의 움직임을 칼보다 먼저 읽는 빠른 눈 또한 필요했다. 나는 계곡에서 떨어지는 물줄기를 응시하며 물방울 수를 세는 연습을 했다. 칼잡이와 맞서 싸울 때, 번쩍이는 날에 눈이 부셔 칼이 가는 길을 놓치면 끝이었다. 칼날보다 빨리 떨어지는 물줄기를 눈으로 낱낱이 읽도록 단련해야 했다.

그런데 실상 나는 복수는커녕 주먹으로 호두알도 깨지 못했다. 주먹은 장주사의 스님들보다 큰데 단단하지가 않았다. 겉보기만 멀쩡했다. 가부좌를 하고 아무리 폭포수를 노려봐야 물방울이 동그란지 세모난지 보이지가 않았다. 순리대로 위에서 아래로 떨어지는 물소리는 요란했다. 단조로운 물소리를 듣다보면 눈꺼풀이 감겼다.

어째서 내 몸은 곤봉보다 느리고, 녹슨 칼날보다 무딘가. 조바심이 났다. 정의 염원이 너무 간절해서 두려웠다. 부모의 복수를 위해 칼을 가는가, 정의 염원을 풀어주기 위해 칼을 가는가, 내가 살기 위해 칼을 가는가. 만일 정이 없었대도 복수가 내 전부였을까. 무엇이 먼저이고, 무엇이 나중인지 알 수 없는 밤도 있었다. 다행히 지친 몸은 목침에 머리를 대자마자 잠이 들었다. 꿈속에서는 북풍을 타고 나는 솔개가 되어 미궁의 담을 넘었다. 검은 두건 쓴 자객이 되어 기왓장 위를 빗방울보다 가볍게 달렸다.

쟁쟁—

챙챙챙—

책책책책 책책—

내 칼이 적의 칼에 부딪치는 소리가 장마철 낙수 소리보다 빨랐다. 나는 좁은 복도를 달리며 베고, 적의 머리를 가랑이로 뛰어넘으며 베었다. 수직으로 바로 선 벽에 표창을 연달아 날려 그것을 밟고 칼잡이들을 타넘었다. 검은 두건 쓴 자객의 칼날은 매번 재상의 방 장지문을 꿰뚫는 찰나 부러졌다. 그다음은 없었다. 먹물 같은 어둠이었다.

0. 벙어리가 쓴 이야기책

　미궁의 담을 넘은 열세번째 자객은 백발에 오른다리를 저는 검객이었다.

　눈발이 펄펄 날리던 겨울밤이 지나 꽁꽁 얼어붙은 마당에 꿇어앉혀진 자객은 오른팔마저 달아나고 없었다. 재상이 누운 방의 천장을 뚫고 내려온 자객을 칼잡이 천이 뛰어들어 베었다. 자객은 천의 칼이 빠른 줄만 알았지, 그의 귀가 밝은 줄은 몰랐던 모양이었다.

　중문간을 지나온 자객의 핏자국이 마당 위에 쌓인 흰 눈 위로 길게 이어졌다. 불길한 기미라면 피가 붉지 않고 검다는 점이었다. 절름발이 백발 자객의 피는 푹 삭은 팥죽처럼, 검은 먹물처럼 어두운 빛깔이었다. 몸이 묶여 옴짝달싹하지 못한 채 무릎 꿇린 자객은 천의 칼날 아래서도 머리를 꼿꼿이 들고 있었다. 제 피를 본 자의 눈동자에서 두려움을 읽을 수가 없었다.

　긴긴 겨울밤 잠을 제대로 이루지 못한 재상은 새빨간 토끼 눈으로 자객을 내려다보았다. 자객이 실패해서 다행인지 불행인지, 재상으로서는 가늠하기 어려운 아침이었다. 언젠가부터 익숙해진 아침이기도 했다. 재상의 얼굴은 심문하는 자가 아니라, 반대로 심문받는 자의 것 같았다.

—사주한 자가 누구이기에 머리 센 자객을 샀을까? 젊은 자객을 살 돈이 없었던가. 가엾게도.

재상은 자객의 목덜미에 칼 대고 있는 천을 바라보며 웃었다. 천은 재상과 시선을 맞추긴 했지만, 웃지 않았다. 그는 칼을 들고 있을 때 웃는 적이 없었다.

—너를 사주한 자가 누구냐? 누구?

죄인은 스스로 입을 열지 않았다.

—사주한 자를 불면, 두 팔을 버리는 대신 머리를 살려주마. 어떠냐? 쓸 만한 거래가 아니냐. 다시는 칼을 못 드는 대신 밥 먹을 입은 멀쩡하게 살려주마.

재상의 말투는 늙을수록 더욱 간교해졌다.

—조정의 손가냐? 변방의 오가냐? 도망간 곽과 그의 아들?

심문하는 자는 차츰 조바심을 드러냈다. 그는 나이가 들수록 조급해졌다. 그에겐 느긋하게 기다릴 시간이 없었다.

—아니면 소씨 집안이더냐? 응? 이름이 뭐냐? 사주한 자의.

의심 가는 자들을 전부 대기 시작한다면 해가 지고도 남을 것이었다. 적의 이름과 적의 이름을 고하는 자, 전부 다 입에 올려야 했다. 그들 누구나 칼을 소유할 수 있기 때문이었다. 그자들을 모조리 없애고 난다면 위험이 사라지지 않을까, 죽음에서 멀어지지 않을까, 재상은 그런 상상을 한 적도 있었다.

그러나 너무 많았다. 전부는 많았다. 그러고서 남을 사람은 그 자신과 칼잡이 천밖에 없을지도 몰랐다. 그건 너무 심심했다.

—내가 기억하는 이름은 죽이고자 한 자의 이름뿐이오.

심문받는 자가 돌연 괴이하게 웃었다. 크크크큭크. 웃음인지 울음인지 신음인지 구별하기 어려운 소리였다. 장독 밑바닥에서 오래 삭아가다가 독을 깨고 터져나온 소리 같았다. 마루에 걸상을 놓고 앉아 있던 재상은 실성한 자객이라면 재미가 없다고 생각했다. 그래서 죽이려고 한 자를 죽이지도 못하고서 웃는 까닭이 무엇이냐 물었다. 너는 실패한 살수가 아니냐고 자객에게 물었다. 쥐처럼 천장 위로 기어오고도 칼 잡은 팔을 베인 자객이 아니냐고 말했다. 그러고도 모자라또 물었다.

—너는 모가지가 아홉 개냐?

—나는 당신을 죽이려고 담을 넘은 것이 아니오.

백발 자객이 말했다.

—그럼 뭣 때문에 담을 넘었지?

재상은 무릎 꿇린 죄인의 목소리가 이상하게 귀에 익다는 생각을 했다. 문득 그런 느낌이 들었다. 얼굴은 기억나지 않는데, 목소리는 들은 적이 있었다. 왠지 불안해졌다. 예감이 좋지 않았다.

누구지?

누구지?

누구의 목소리지?

누구……

─당신을 살려놓기 위해 담을 넘은 것이오.

……누구

　　누구……

　재상은 머릿속이 어지러웠다. 미궁의 주인은 간결한 삶을 살아온 사람이 아니었다. 미로 속에서 그가 줍고 내버린 사람은 한둘이 아니었다. 모두의 이름을 기억할 수는 없었다. 기억하고 싶지 않아 기억하지 않았는지도 몰랐다. 반대로 그를 기억하는 사람이 있기를 바라지도 않았다. 그를 기억하는 목숨이 있다면, 그가 아직 귀신이 되지 않았다면, 증오와 나란히 기억할 게 틀림없었다. 그를 닮은 제웅에게 밤새워 바늘을 꽂을 게 분명했다.

　재상은 의자를 고쳐 앉았다. 그는 백발 자객이 아니라 천에게 물었다.

─뭐라고 짖는 소리냐?

　심문하는 자는 심문받는 자와 말을 섞었다가 액운이 덮칠까봐 두려웠다. 죽음을 앞둔 자와 운을 바꾸게 될까봐 두려웠다. 불운이 거꾸로 그의 머리를 덮칠 수도 있었다. 지금이라도 자객의 목을 베어버리라는 명령을 내려야 하나 혼란스러웠다. 그러면서도 입이 떨어지지 않았다. 분명한 건 무언가가 아직 남아 있다는 예감이었다. 공포를 앞서 온 호기심을 재상은 내칠 수가 없었다. 그는 살아오면서 안전한 무지보다 위험한 앎을 선택해온 사람이었다. 그게 그의 본성이었다. 그도 어쩔 도리가 없었다. 솥 안에 무엇이 들었든 끓어넘치기 직전이라면 뚜껑을 열어야 했다.

　─나는 당신이 아주 오래 살기를, 고통 속에 오래 기다리기를 바라오. 그래서 담을 넘었소. 담을 넘어 꼭 해줄 말이 있기 때문에.

—너 누구야, 절름발이. 너 귀신이야?

미궁에서 가장 힘이 센 자가 낮게 중얼거렸다. 그 말은 목을 내놓고 무릎 꿇은 자객도, 자객의 목덜미에 칼 대고 있는 천도 듣지 못했다. 말한 사람 외엔 누구도 듣지 못한 물음이었다.

—누구냐고, 너!

재상이 외쳤다.

—공막.

백발 자객이 이름을 불렀다. 제 이름은 고하지 않고, 다른 이름을 불렀다. 재상은 너무나 오랜만에 들어보는 이름이라 그것이 언젠가 꿈에서 들은 이름인지, 자신을 찾아오는 귀신의 것인지, 제 이름인지 분별이 되지 않았다. 염국의 재상이 된 후로는 누구도 그의 이름을 불러주지 않아 더욱 그랬다. 제 입으로 부르지 않고 듣지 않아 가장 귀에 선 이름, 바로 제 이름이었다. 공막.

ㅈ. 명
— 태어날 때 얼굴에 피가 묻은 소년

빨리 나는 새처럼 미궁 담을 넘은 꿈에서 깨어난 새벽, 나는 정에게 긴 인사를 하고 보따리를 썼다. 절간에 들렀다가 소금장수에게서 강 건너 산중에 숨은 도인에 대한 풍문을 들은 지 한 달 만의 일이었다. 정은 집 걱정에 이것저것 당부하는 내 등을 떠밀었다. '와신상담'이라고 기둥에 써붙여놓은 종이를 한 장 떼어내 등짐에 쑤셔넣어주었다. 오른손을 오래 흔들며 배웅했다. 먼발치서 돌아본 정의 모습은 못 만난 지 오래된 고모 같았다. 정의 키가 자란 만큼 나 역시 변했으리란 생각이 들었다. 우리는 더이상 어린아이들이 아닌가보았다. 나는 어른이 된다는 게 두려웠다. 아주 느리게 어른이 되고 싶었다.

간절함이 깊으면 길이 생긴다고 했던가. 나는 지도도 없이 산줄기를 넘고, 강을 건넜다. 길을 잃지 않고 가장 가까운 길로 더듬어 갔다. 일 년 내내 안개로 싸인 무궁산(無窮山)의 도인은 과거 삼지창 하나로 열 명의 칼잡이를 물리친 고수라고 했다. 근동에 맞서 싸울 적수가

없어지자 겨울 산에 올라 얼음굴 속에서 몸과 마음을 닦았는데, 마침
내 불사의 경지에 올랐다고 했다.

—내 말이 거짓이 아니야.

소금장수가 말했다.

—주문을 외우면 칼 든 검객이 앞을 보지 못하고, 칼을 뽑으면 바람
이 먼저 허리를 굽힌다네. 눈이 마주치면 혼을 뺏긴다나.

—무슨 주문인가요?

—그걸 알면 내가 날아다니지. 여기까지 소금을 짊어지고 올라오나.

도인은 얼음굴에서 강맹한 몸을 얻은 대가로 언 발을 자르게 되었
다고 소금장수는 덧붙여 말했다.

—양발을 자른 앉은뱅이 몸이라도 접근할 자가 없어.

천하제일의 검객이 되기 위해서는 무언가를 내놓아야 하는가? 자
신에게 귀한 것, 무엇과 바꿀 수 없는 것을? 불사의 몸이 되는 대신
발을 내놓아야 한다면 나는 어땠을까. 내놓았을까, 불사의 몸을 포기
했을까. 나에게 가장 귀한 것은 무엇일까. 내 팔과 다리? 여동생? 아
니면 복수심? 나는 겁먹었다는 사실을 소금장수에게 드러내고 싶지
않아 입을 다물었다.

안개로 싸인 무궁산에서는 아무런 '목소리'도 들리지 않았다. 복수
를 속삭이는 '목소리'도 용서를 말하는 소리도 잠잠했다. 너무 고요
해서 기이할 정도였다. 나는 정이 보따리에 넣어준 토끼고기 육포를
씹으며 날쌔게 산을 올랐다. 오늘 안에 도인을 찾지 못하면 영영 그
를 만나지 못할 것 같았다. 조바심이 났다. 집을 나설 때만 해도 풍문
에 대해 반신반의했지만, 길을 가면 갈수록 확신이 생겼다. 다리가 아

풀수록 도인에 대한 밑도 끝도 없는 믿음이 생겼다. 그를 빨리 만나고 싶었다. 죽은 아버지의 얼굴보다 더 보고 싶었다.

장주사의 스님들은 기다림만을 말했다. 복수의 길이 지나치게 멀었다. 나는 꼭 버드나무에 뛰어오르기 위해 깡충거리는 개구리 같았다. 기다린다고 개구리가 버드나무 가지에 오르는 날이 오지는 않으리라. 앉은뱅이 고수가 목침 안에 숨겨두었다는 비전(秘典)을 물려받고야 말 거였다. 비전을 얻기 전에는 돌아가지 않겠노라 정에게 말해두고 떠난 길이었다.

무궁산. 뻑뻑한 안개로 둘러싸인 산골짜기에서 마침내 앉은뱅이 고수의 집을 찾았다. 흰 수염을 배꼽 아래까지 기른 고수는 목침을 베고 마루에 모로 누워 있었다. 그의 얼굴에 부채질하던 소년이 스승은 지금 멀리 다른 곳에 가 있으니 기다리라고 말했다.

—멀리서 무얼 하고 계십니까?

나는 마룻바닥에 슬며시 발을 올리고 물었다.

—만 리 밖의 자객과 겨루고 계십니다.

소년의 말투는 단호했다.

—자객과요?

—스승님을 방해하지 마십시오. 일각의 순간에 삶과 죽음이 오가는 법입니다. 자객을 물리치면 이곳으로 돌아오실 겁니다.

과연 듣던 대로 신의 경지에 이른 고수로구나, 걸음이 헛되지 않았구나, 나는 속으로 감탄했다. 이 소식을 정에게 들려주고 싶었다. 신묘한 무공을 그대로 배운다면 무궁산에 앉아서도 칼을 띄워 재상의 목을 벨 수 있으리라 믿었다. 소년이 도인을 스승님이라 부르니, 그

역시 무공을 배우기 위해 머무는 제자가 틀림없었다. 나보다 먼저 온 제자를 앞에 두고 경계심이 일었다. 소년의 칼은 얼마나 빠를까. 소년은 파리의 각을 뜰 수 있을까. 뜬다면 두 개? 네 개? 열두 개?

—오오, 도사님은 손오공과 같군요.

나는 짐짓 친근한 척 소년에게 말을 붙였다. 도인에 대해 듣고 싶은 얘기가 많았다.

—손오공이라니, 어찌 스승님을 한낱 원숭이에 갖다 댄단 말이냐.

그때 마당 안으로 젊은 남자가 불쑥 들어서며 말했다. 얼굴이 뾰족하고, 목소리도 날이 서 있었다. 소년은 그를 보고 도인의 첫번째 제자인 남가라고 말해주었다. 소년의 성은 송이라고 했다.

송가 소년은 말을 하면서도 부채질을 멈추지 않았다. 도인은 비전을 한 사람에게만 물려줄 텐데, 경쟁자가 있을 줄은 예상하지 못했다. 장주사 안에서만 살아 세상을 너무 몰랐다. 쉽게 생각했다. 장주사와 달리 이곳에선 다른 제자와 길고 짧음을 겨뤄야 한다는 사실에 긴장이 됐다. 그러나 쉽게 얻는 것 가운데 쓸모 있는 게 있던가. 도인이 얼음을 삼키라면 삼키고 불을 등에 지라면 질 각오였다. 누구에게도 지고 싶지 않았다. 집을 떠나왔으니 맨손으로 돌아갈 수는 없었다. 내가 돌아가면 정은 짐보따리부터 풀어볼 것이었다.

나는 도인이 깨어나기 전에 무릎부터 꿇었다. 앉은뱅이 고수에게 명운을 걸기로 마음먹었다. 오늘밤은 파리의 각을 뜨는 꿈을 꾸지 않을 것 같았다.

0. 벙어리가 쓴 이야기책

담 밖에서 까마귀떼 우는 소리가 요란했다. 아침부터 그들이 무엇을 기다리고 있는지는 심문받는 자도 심문하는 자도 알지 못했다. 오직 머리 검은 까마귀들만 알 일이었다.

—공막······?

재상은 백발 자객의 입에서 흘러나온 이름을 제 입으로 읊조려보았다. 그는 자객의 낯을 가까이 보기 위해 신을 신고 마당으로 내려갔다. 지난밤 꿈속에서 얼굴 없는 귀신에게 베어먹힌 다리를 질질 끌어 절름발이 백발 자객* 가까이로 다가갔다. 다가가면 갈수록 종아리가 무거웠지만, 멈춰 설 수가 없었다. 불길한 예감은 눈앞에 꿇어앉은 자객을 피하라고, 그에게서 멀리 떨어지라고 일러줬으나 어쩔 수가 없었다. 재상은 그때까지 액운을 피하며 마른땅만 디뎌온 사람이 아니었다. 위험하고 진 자리만 골라, 쓰러진 적의 대가리를 밟으며 건너온 피투성이 승자였다. 불길한 것을 만나면 피하기보다 맞닥뜨려 그것의 내장까지 열어보려는 자였다. 그런 충동이 그를 여기까지 오게 했다.

봉두난발한 자객의 이목구비를 면전에서 뜯어본 재상은 싱긋 웃음을 지었다. 바로 알아봤어야 할 얼굴이었다. 사람의 음성은 쉽게 변하지 않아도 얼굴은 세파에 쉽게 달라지는 법이라 늦게 알아본 거였다. 자객의 정체를 알게 되자 도리어 마음이 놓였다. 그는 얼굴을 알 수 없는 귀신이 가장 무서웠다. 이름을 아는 자객이라면 귀신이 되어 찾아온대도 무섭지 않을 거였다. 적을 알고 나를 알면 백 번을 싸워도 위태롭지 않다 하지 않던가.

—처를 빼앗긴 사내가 백발이 되어 찾아왔으니 알아보기 어려울밖에. 복수에도 때가 있는 법. 칼을 가는 데 그리 시간이 걸렸더냐? 아니면 절름발이가 되어 겁이 났더냐? 응? 혹여 죽을 자리를 찾아왔던가? 묵은 인연을 돌아봐 장례를 치러줄 요량은 있다만.

재상은 백발 자객의 주위를 천천히 원을 그리며 돌았다. 녹지 않고 마당을 덮은 눈 탓에 가죽신 안에 숨은 발이 시렸다. 목이 좁은 버선을 신으나 벗으나 발이 시린 것은 매한가지였다. 귀신에게 발을 갉아먹히는 밤도 똑같았다. 얇은 홑겹이거나 톡톡하게 솜을 둔 버선이거나 다를 바가 없었다.

수족이 냉한 늙은이 발에 뭐 뜯어먹을 게 있다고 귀신들은 아귀같이 달려드는가. 박복하게 죽은 자들이라 젯밥을 못 먹어서 그런가.

그런 생각이 재상을 탄식하게 했다.

못생긴 사내보다도 잘생긴 사내가 나쁘게 늙으면 더욱 흉할 수 있구나.

그런 생각은 재상을 만족하게 했다.

이내 목이 베일 자객은 과거 총명한 눈과 반듯한 콧대를 가진 청년
이었다. 이름 있는 집안에서 정을 넘치게 받고 자라 웃음이 많았다.
헤펐다. 그와 마주하는 사람들은 여자고 남자고 간에 웃는 낯이었다.
모두들 얻는 것도 없이 그를 좋아했다. 실상 웃음과 바꿔 얻을 수 있
는 건 대단치 않은데, 그래도 어리석게 좋아했다. 속없는 인간들이었
다. 공막은 그래서 그를 미워했다. 젊은 공막은 웃는 방법을 배우지
못해서 웃음과 무엇을 바꿀 줄 몰랐다. 웃음 대신 울음을 줘야 한다면
얼마든 줄 수 있을 텐데, 울음을 달라는 사람이 없어 실망했다. 어떻
게 거저 달라는 사람조차 없었다.

평생을 살면서 공막이 울음과 무엇을 바꾸어본 적은 딱 한 번 있었
다. 울음과 바꾼 물건은 작은 수건이었다. 대단한 물건은 아니었다.
눈물 흘리는 공막에게 한 여자가 건네준 수건이었다. 공막은 울음을
다른 것과 바꿔주는 사람이 있다는 사실에 깜짝 놀랐고, 놀라서 그날
밤 잠을 잘 이루지 못했다. 울음의 값어치를 모든 사람이 알아줄 필요
는 없다고 여겼다. 한 사람만 알아주면 충분하다고 믿었다. 공막은 욕
심이 그리 많지 않은 청년이었다. 세상에 여자는 많지만 울음을 무언
가와 바꿔줄 줄 아는 여자는 한 명밖에 없기에, 공막은 그 여자만 생
각했다. 울음의 값어치를 잘 아는 여자 또한 자신을 잊지 못할 거라
믿었다. 자신보다 몸안에 울음을 많이 담고 있는 사람은 없을 게 분명
하기 때문이었다.

그런데 어찌된 일인지 여자는 울음을 잊어버렸다. 울음이 가득찬
청년이 아니라, 웃음이 가득찬 청년을 선택했다. 무슨 연유인지 도무
지 알 길이 없었다. 울음과 웃음은 대극에 놓여 있지 않던가. 어떻게

다른 것도 아닌 웃음을 택한단 말인가.

여자가 눈만 뜨면 웃는 청년과 혼인하던 날, 공막은 잔칫집 뒷산에 올라가 데굴데굴 굴렀다. 이를 부득부득 갈면서 몸을 굴렸다. 온몸에 생채기가 났지만, 정신은 멀쩡했다. 누구도 외톨이를 구해주지 않았다. 사람들은 남김없이 잔칫집에 몰려간 모양이었다.

—여자에게 속았다. 속았다. 나만 속았다. 모두가 웃고 있다. 우는 자는 나 하나다. 모두가 한통속이다. 나는 고아야.

해 질 무렵 혼자 몸을 일으켜 산을 내려오던 공막은 계속 중얼거렸다. 속고는 살 수 없었다. 속인 자는 벌을 받아야 마땅했다.

—그리고 마지막엔 용서를 빌어야지? 웃음이 울음보다 못한 걸 알았다고 빌어야지? 그렇게 말하도록 해줘야지, 무슨 일이 있어도. 난 앙심을 오래 품는 사람이야. 그렇지?

다리를 절뚝이며 저 자신에게 말하고, 제가 대답했다.

온 세상에서 공막 혼자만이 잘 웃는 청년을 미워했다. 공막은 언제나 무표정했기에 청년은 공막이 자신을 증오하는 줄 알지 못했다.

—모두가 너를 사랑해 방심했지. 너를 증오하는 사람이 있을 줄 몰랐지. 그럴 만큼 자만했지. 그래, 너는 내 친구였고, 나를 거둬준 스승의 아들이었어. 내가 빼앗아버린 여자의 남편이기도 했지. 그래, 그랬어. 그랬었어.

재상은 아무에게도 들리지 않을 말을 입술로만 중얼거렸다. 자꾸만 마른 입술에 침을 묻혔다. 근 삼십 년 만에 만난 얼굴을 앞에 두고 말이 많아졌다. 왜 그런지 할말이 많았다.

—너는 지금 웃음을 잃어버린 얼굴이구나!

만족감이 재상의 얼굴에 웃음을 가져다주었다.

—나는 이제 웃음이 무엇인지 알게 되었는데.

혹시 재상이 죄책감을 느꼈다면 친구의 얼굴을 알아보지 못하는 일은 없었을 거였다. 토끼 눈으로도 한눈에 알아볼 수 있었을 거였다. 하지만 죄책감은 그가 갖고 싶어한 것이 아니었다. 재상은 누구에게 진심으로 미안해본 적이 없는 인간이었다. 진실로 누군가를 스승으로 공경해본 적도 없고, 누군가를 친구로 의지해본 적도 없었다. 매번 필요에 따라 그런 척했다. 죽은 어미를 묻을 구덩이를 혼자 판 뒤, 평생을 그렇게 살아왔다. 그런 그를 간절하게 찾아오는 자들은 입이 큰 귀신들밖에 없었다. 귀를 에는 바람결에, 백발이 되어 찾아온 친구가 반갑다는 마음마저 들었지만, 재상은 곧 잊어버렸다.

—아들은 환관이 되고, 아비는 팔이 잘렸구나. 아비가 좀더 빨리 칼을 갈았더라면 부자가 상봉할 수 있었으련만. 죽을 때가 되어서야 용기를 얻었나보군. 맞아, 넌 느긋한 사내였지. 급할 게 없는 공자(公子)였어. 허파에 바람이 들어 너그럽기도 했고. 그런데 여긴 뭐하러 왔지? 그렇게도 날 만나고 싶었어?

재상은 쯧쯧, 하고 혀를 찼다. 혼잣말하듯 한마디를 덧붙였다.

—여자가 목을 매단 건 내 탓이 아니야.

재상은 대들보에 목을 매달아 죽은 첩을 한 번도 꿈에서 본 적이 없었다. 귀신이라도 되어 찾아와주면 좋겠는데, 오라는 귀신은 오지 않았다. 얼굴 모르는 귀신과, 얼굴이 지워진 달걀귀신만 다리를 베어먹으러 문틈으로 새들었다. 세번째 첩이 꿈속에 들어오기만 한다면 이목구비가 없어도 바로 알아볼 수 있을 것 같았지만, 여자는 죽어서도 매정했다.

여러 해 동안 괴롭힘을 당하다 끝내 미궁으로 끌려들어온 여자는 안쪽 방을 차지하려고 안달인 다른 첩들과 달랐다.

—잘 웃는 사내가 좋다고 붙어살 때는 언제고, 내 얼굴을 보곤 웃는 적이 없구나.

재상은 화가 났다. 그때나 지금이나 그는 참을성이 없었다.

—아무리 못생긴 사내라도 지금은 내가 남편이 아니냐. 비실비실 웃기만 하는 놈보다 내가 못한 게 뭔가. 승자는 나다. 내가 미궁의 주인이란 말이다.

재상이 왼뺨을 때리자, 여자는 소리 없이 울었다.

미궁 안에 들어오고 나서야 웃음보다 울음이 낫다는 진실을 깨달은 모양이군. 깨달음이 너무 늦었다.

재상은 속으로 비난하면서도 우는 여자를 끌어안았다. 웃는 여자보다는 우는 여자가 더 예뻐 보였다. 우는 얼굴이 예뻐 보여서 자꾸 울게 만들었다. 다른 첩들의 가짜 웃음보다 세번째 첩의 소리 없는 울음이 그의 마음을 편안하게 했다. 그는 역시 웃음보단 울음이 익숙했다.

재상이 세번째 첩의 방에 들 때마다 여자는 아이라도 미궁 밖으로 내보내달라고 애걸했지만 소원을 들어줄 수 없었다. 아이가 있어야 여자가 딴마음을 품지 못하리라 계산했다. 아이가 있는 여자는 눈에 보이는 약점을 가진 검객과 같았다. 여자를 믿을 수가 없었다. 미궁에 들어오기 전에는 간교한 꾀로 도망친 적도 많았다. 여자는 옛날에 그랬던 것처럼 속이려고만 들었다. 애걸을 하다가 들어주지 않으면 금방 본색을 드러냈다. 경멸하는 눈빛을 감추지 않았다. 그녀가 고통 준

만큼 그도 고통을 주어야 공평하다고 재상은 생각했다. 매사에 공평한 게 좋았다.

—왜 내게 수건을 줬어? 응? 왜 줬냐고. 난 달라고 말한 적도 없는데. 그러곤 수건을 잊어버렸지. 까맣게 잊어버렸지. 수건이 몇 장이나 됐어? 몇 장이기에 잊어버렸어, 응?

여자를 울리려고 괴롭혔다. 그래야 공평해졌다.

—용서해달라고 말해. 울음이 웃음보다 낫다는 걸 늦게 알았다고. 울면서 빌어봐. 엎드려 빌어.

여자는 말더듬이만큼 말수가 적었다. 울 때도 소리 내지 않고 어금니를 물고 울었다. 그래서 재상은 소리쳤다.

—나를 증오하고 있지? 그래, 증오한다고 말해봐. 이 세상에서 제일 증오한다고. 너무 미워서 하루종일 생각한다고. 한시도 잊어버리지 않는다고! 죽이고 싶을 만큼 증오한다고!

재상은 자신이 눈에 보이지 않는 마음까지 온전히 가지려 드는 욕심쟁이가 아니라고 속으로 뇌까렸다. 자신을 사랑하게 만드는 일은 꿈도 꾸지 않았다. 자신을 증오하지 않게 만드는 일도 꿈꾸지 않았다. 고통을 나눠 짊어질 수 있다면 그럭저럭 공평해지는 셈이라고 믿었다. 그에게 한 가지 착오가 있었다면, 여자가 아이를 내버릴 줄 몰랐다는 사실이었다. 어미가 어린 아들을 버려두고 혼자 떠나버릴 줄은 예상하지 못했다.

세번째 첩의 어린 아들은 어미의 냉정한 눈빛을 닮았었다. 그렇지 않았더라면 여자가 죽고 나서 미궁 안에 두지 않았을지도 몰랐다. 피와 살을 물려받지 않은 의붓아들이었지만, 세번째 첩을 닮아 가까이

122

두기도 했고, 버리기도 했다. 갈 곳을 잃어버린 원망이 옮겨갈 자리가 필요했다. 미궁에서 달아나기 위해 결국 대들보에 목을 맨 여자를 용서할 수가 없었다. 국경 밖으로 쫓겨난 남편을 잊지 못해 자진한 여자를 이해할 수 없었다. 빚을 마저 갚지 않고 도망친 여자를 용서할 수 없었다. 자신을 고독 속에 혼자 남겨두고 떠난 여자를 용서할 수 없었다. 재상은 여자가 아이를 남겨두고 가서 다행이라고 생각했다. 여자에게 버림받은 존재가 저 하나만이 아니라서 위안이 되었다. 죽은 여자를 사랑하고 증오했던 것처럼 그녀의 아들을 아끼고 미워했다.

염국의 재상은 수많은 사람들을 베고 찢어 죽였지만, 진심으로 미워한 사람은 세번째 첩 한 사람이었다.

─여자가 목을 매단 이유를 너는 모르지.

백발 자객이 말했다.

과거를 더듬으며 절룩이던 재상은 자객의 얼굴 앞에 멈춰 섰다. 겨울밤, 아주 긴 꿈에서 깨어난 기분이었다. 좋은 꿈인지 나쁜 꿈인지는 가늠할 수 없었다. 종아리에 자꾸 쥐가 났다. 한 여자가 간절하게 더듬었던 반듯한 눈과 코와 입이 얼마나 추하게 이지러졌는지 쳐다보았다. 웃음이 났다. 부스럼을 앓았던지 입가에 웃음이 가득하던 흰 얼굴은 얽은 자국으로 지저분했다. 숱 많던 눈썹은 머리칼과 같이 희고 성글었다. 입술은 쓸개같이 검었다. 담 밖에서 발견했더라면 적선을 구하는 늙은 거지로 봤을 거였다. 진 사람은 자신이 아니라는 증거를 확인하고 난 재상은 만족스러웠다.

너 역시 사랑하는 여자를 잃었지. 네 핏줄은 환관이 되었고. 주름진 얼굴은 네가 받은 고통을 낱낱이 보여주고 있어. 너는 나보다 더 불행한 사내다. 고통받은 사람은 나만이 아니야.

하지만 만족감은 오래가지 않았다.

—여자가 목을 매단 이유는, 너에게 말하지 않기 위해서였어.

오른팔이 잘려나간 자객의 입이 우물거렸다. 어깻죽지에서 검은 피가 뚝뚝 뚝 연달아 떨어졌다.

—무엇을?

재상이 물었다.

백발 자객은 잠시 머리를 숙였다가 다시 처들었다. 자객의 눈알도 재상의 것처럼 빨갰다.

—네 아들. 네 아들을 영원히 알려주지 않기 위해 목을 맨 거야. 복수의, 방편이었어.

—아들? 내 아들?

재상은 다리에 쥐가 나다못해 아무 감각이 없었다. 귀신들에게 베어먹혀 아주 달아나버린 듯싶었다.

—네가 씨를 뿌려 태어난 자식인 줄 모르니 환관으로 만들었겠지? 수도 없이 남의 대를 끊어놓고 편히 젯밥 얻어먹길 바랐을까? 너는 네 자식을 환관으로 만든 아비다!

백발 자객이 일갈했다.

ㅈ. 명
—태어날 때 얼굴에 피가 묻은 소년

—비기자(非器者)는 부전(不傳)이다.

앉은뱅이 고수는 말했다.

신뢰할 수 없는 자에게는 비전을 물려줄 수 없노라고 스승은 덧붙여 말했다. 신뢰에는 무엇보다 시간이 필요하다는 말과 함께. 일찍 제자가 된 남가와 송가, 그리고 가장 늦게 온 나. 셋 중 누구에게도 비전을 물려주지 않을지 모른다는 말도 보탰다. 나는 그 말이 가장 무서웠다. 더이상 기다릴 수 없어 비전을 찾아왔는데, 비전을 얻기 위해 또다시 시간이 필요했다. 무궁산에 마지막으로 온 나는 남가와 송가에 비해 불리하기까지 했다.

새로운 스승의 가르침에 따라 나는 산에서 열매와 솔잎을 따고, 약초를 캤다. 나무를 팼다. 사형보다 먼저 일어나 물을 길었다. 밥을 지었다. 쇠덫을 놓아 토끼를 잡았다. 화전을 일구었다. 남가와 송가는 빈둥거리는데 나만 일이 많다고 해서 불평하지 않았다. 막내라서 일을 많이 해야 한다고 생각지도 않았다. 다만, 비전을 물려받을 사람이므로 그들과 달라야 한다고 생각했다. 남들과 똑같이 해서는 수제자가 될 수 없었다. 문제는 해야 할 일이 너무 많아 칼을 손에 쥘 시간이 없다는 점이었다. 칼집에 든 칼날이 녹슬었는지 아닌지 꺼내볼 여유조차 없었다. 무궁산에서의 하루는 장주사에서의 한 달보다 길고 지난했다.

오래전에 정이 캐다 준 것과 똑같이 생긴 약초를 산에서 발견한 날이 있었다. 뿌리가 다치지 않게 개울물에 살살 씻고 있으려니 물위로 눈물 한 방울이 뚝 떨어졌다. 약수와 약초를 장복한 스승의 몸은 날로 강맹해지는 것 같았다. 얼굴빛도 어린아이처럼 맑아졌다. 나는 앉은뱅이를 지게에 진 채 산을 오르고 물을 건넜다. 지게는 언제나 늦게 온 제자 몫이었다고 스승 대신 남가가 일러줬다. 스승은 과거 맨손으로 잡은 호랑이의 다리뼈를 부숴 먹고, 구리를 갈아 약에 타 먹은 사람이라고도 했다. 그래서 그런지 도인의 몸은 절구를 얹은 것만큼 무거웠다. 지게가 무거워서 내 키가 더이상 자라지 않았다. 스승에게는 차마 말하지 못하고, 방을 같이 쓰던 송가 소년에게 하소연을 해보았다.

송가는 대수롭지 않게 아무 걱정 말라고 했다.

―네가 뭘 모르는구나. 빨라야 자객이지. 길다고 자객이 아니야.

―그런가?

―길게만 만들면 명검이래? 키는 안 커도 돼.

―하지만 요즘은 통 칼을 뽑아보지 못했어. 난 본래 칼솜씨가 부족한데.

처음으로 내 칼을 쥐게 된 날, 장주사의 노스님은 하루도 쉬지 말고 칼과 함께하라고 당부했다. 종국엔 내 목구멍을 타고 나오는 소리처럼 익숙해져야 한다고 말했다. 목소리의 떨림을 바로 느끼듯 칼의 상태를 기민하게 알 수 있어야 한다고 말했다. 몸이 위험할 때 악― 하고 저절로 비명이 터져나오듯, 적의 비수가 날아들 때 칼이 먼저 알고 앞으로 나아가야 한다고 했다. 그러려거든 칼이 내 살과 피와 맥(脈) 같아져야 한다고 가르쳤다.

문밖에서 갓난아기의 울음 같은 짐승 소리가 넘어왔다. 그 밖에 다른 '목소리'는 들리지 않았다. 무궁산에 들어선 뒤로 내 귀는 어두워졌다. 풀잎들이 바람과 살을 섞으며 속삭이는 소리, 돌멩이들이 데굴데굴 구르며 토해내는 신음, 어느 것도 귓전을 어지럽히지 않았다. 노스님의 독경 소리가 그리운 밤이었다.

―중요한 건 기본이야. 기본을 닦고 심성을 다스릴 궁리를 해.

송가의 말소리는 노상 퉁명스러웠다. 그의 칼도 주인을 닮아 거칠고 제멋대로일 것 같았다. 그 칼이 지나간 자리는 매끄럽지 않을 게 분명했다.

―하지만 이렇게 있으면 예전에 배운 무예마저 잊어버릴 것 같아서.

나는 눅눅한 요를 펴서 잠자리를 만들었다. 온몸에 쑤시지 않는 데가 없었다. 궂은일은 밤낮으로 내 몫이었다. 송의 나이가 나보다 한 살 어려도 막내는 나였다.

―넌 아직 사람이 안 됐어. 불만이 많다는 건 수련이 부족하다는 소리야. 말 많은 고수 봤어? 게다가 네가 예전에 배운 게 무술이야? 나

쁜 습관이 빠지고 새사람이 되어야 뭐든 배울 수 있다고. 약도 독이 빠져야 쓸 수 있단 말 몰라? 넌 배울 준비가 안 됐어.

송가는 내가 깔아놓은 요 위에 냉큼 누워 이불을 덮었다. 곧이어 규칙적인 숨소리가 들려왔다. 송가는 밤마다 나보다 먼저 잠이 들었다. 그는 걱정 없는 사람이었다. 송가의 비난을 듣고 나면, 또 그의 말이 옳은가 싶었다.

다음날, 앉은뱅이 스승은 지게 위에 보퉁이를 하나 더 올려놓았다. 보퉁이에 뭐가 들었는지 평소보다 무거웠다. 오른발을 앞으로 떼자 다리가 휘청거렸다. 아랫배에 힘을 주었다.

—힘드냐?

지게에 올라앉은 스승이 물었다.

—예.

—잘됐다. 힘이 들어야 잡생각이 사라지는 법.

지게 위에서 훈계가 이어졌다.

—가장 해로운 건 잡념이다.

—예, 알겠습니다.

—걸음이 느리구나. 무사에게 보법(步法)이 중요함을 모르느냐. 개울로 뛰어라.

나는 스승을 개울가에 내려놓고 멱을 감아주었다. 앉은뱅이에게 물을 끼얹어주는 내 등은 땀으로 흠뻑 젖었다. 몸을 씻은 스승은 서늘한 나무 그늘 아래 자리를 깔아 목침을 베고 누웠다. 나무와 흙의 기를 받고, 내공을 닦는 수행이라고 했다. 그사이에 나는 달아오른 얼굴을 씻으며, 앞으로 하고 싶은 말이 있으면 사람이 아니라 칼집에 대고 하겠다고 마음먹었다.

낮이고 밤이고 지게를 지는 일은 고통스러웠지만, 나는 스승의 다리가 됨으로써 그처럼 칼날이 침범하지 않는 몸을 갖기를 소원했다. 스승을 업을 때마다 얼음굴에서 꽁꽁 얼어붙은 발을 상상했다. 언 발을 제 칼로 잘라내는 고통에 비하면 견딜 만한 괴로움이라 여겼다. 아내와 자식을 지키기 위해 얼굴 가죽을 벗겨내는 아픔에 비할 일이 아니었다. 그리고 내 저울 위에서 고통은 보상보다 가벼웠다.

낮이 길어지고, 다시 줄어들었다. 지게가 전보다 가볍게 느껴졌다. 산길도 발에 익었다.

─복수는 일편단심을 아는 사람의 것이다.

스승이 말했다.

─때를 기다려라. 내가 칼을 부르는 게 아니라, 칼이 나를 부른다.

스승은 그렇게도 말했다.

스승에게서 배운 무공은 하나도 없지만, 그의 입에서 떨어지는 말을 주워담은 것만으로도 복수의 반은 이룬 기분이었다. 무공은 비전을 손에 넣은 뒤 닦아도 늦지 않으리란 믿음이 생겼다. 복수가 인내를 요구한다는 것은 만고불변의 진리였다. 하지만 앉은뱅이의 다리로 산지 이 년이 가까워오자, 혼자 두고 온 여동생이 보고 싶었다. 초막에 쌓아둔 땔나무도 곡식도 진작 떨어졌을 게 틀림없었다. 지난겨울, 산에서 만난 나무장수를 통해 편지를 전했더니 정은 아무 걱정 말라고 안부를 전해왔다. 노스님에게서 받아둔 은전으로 쌀을 들여놓고, 겨울옷을 장만했다고 했다. 장주사의 스님들이 오며 가며 돌봐주어 어려운 일이 없다고도 했다. 희생 없는 복수가 어디 있겠는가, 정은 썼다. 정의 마지막 당부는 역시 '와신상담'이었다. 천장이며 대들보며 붙여놓은 종이 가운데 떨어진 낱장이 한 장도 없다고 했다. 이것이야말로 하늘이 우리의 뜻을 알아준다는 표시 아니겠느냐 물었다.

정의 당부가 야무지더라도 산에 눈이 쌓이기 전에 동생을 만나고 오지 않으면 마음이 놓이지 않을 것 같았다. 아무리 어른스러운 말을 한다고 해도 정은 고작 열세 살 아이였다. 팔다리가 자라기도 전에 머리만 단단해진 아이였다. 고단한 몸으로도 잠을 이루지 못하고 뒤척거리던 밤, 어쩌면 죽은 부모의 원수를 갚는 일보다 산 동생을 돌보는 일이 우선일지 모른다는 생각이 들었다. 이제는 죽은 부모의 얼굴이 잘 기억나지 않았다. '원숭이 얼굴'은 말할 것도 없었다. 미궁 안 재상의 얼굴은 본 적도 없었다.

밤을 꼬박 새우고, 다음날 아침 집에 다녀오겠다는 말을 꺼냈다. 스승은 짐작대로 심하게 꾸짖었다. 고수가 되기 위해 발을 버리는 사람도 있는 터, 한낱 핏줄의 인연에 연연해 어떻게 비전을 물려받겠느냐는 꾸중이었다.

—과거를 버리고, 있는 자리에 충실해라.

—……

—비전만을 생각해라. 그러면 너는 누구도 이기지 못할 검객이 된다.

스승의 말은 일리가 있었다. 그렇지만, 핏줄의 인연을 무시한다면 무엇을 위해 복수를 해야 하는가. 의문이 들었다. 가족을 지키기 위해 제 얼굴 가죽을 벗고 죽은 자객이 아비가 아니라면, 무슨 까닭에 앉은뱅이를 지고 다니는가. 쥐떼에게 뜯어먹힌 자객의 아내를 모른다

130

면, 무슨 이유로 비전을 물려받으려는가.

과거가 없다면 복수도 없었다. 과거를 돌려놓으려는 의지가 없다면 복수를 위해 칼을 갈 이유가 없었다. 스승의 말은 틀렸다. 앞뒤가 맞지 않았다.

그러나 스승의 말을 거역해도 좋을까. 거역한다면 비전은 필시 남가나 송가의 소유였다. 이제 와 비전을 포기할 수 없었다. 그간의 고생을 허사로 돌릴 수 없었다. 정을 계속 내버려둘 수도 없었다. 복수는 정과 나, 두 사람의 운명이었다. 나 혼자 해서도 안 되고, 정 혼자 할 수도 없었다. 내가 칼날이라면, 정은 칼자루였다.

나는 스무 살도 지나지 않았지만, 앉은뱅이 스승보다, 미궁 안의 재상보다 더 늙어버린 느낌이었다. 복수의 칼을 세우기도 전에, 칼날을 부러뜨린 기분이었다. 기다릴 수 없었다. 조금 더 참으라고 한다면 고모같이 세상을 떠도는 광인이 되어버릴지 몰랐다. 오직 내게 주어진 명분만을 생각하기로 했다. 그렇게 마음먹자 거리낄 일이 없었다. 스승이 입버릇 삼아 말하던 '때'가 지금이 되지 말란 법도 없었다. 때가 오지 않는다면 내가 때를 빼앗아올 수밖에 없었다. 마침 스승보다 더 스승인 척하는 남가도 무궁산에 없었다. 남가는 나와 달리 스승의 허락을 받고 집에 다니러 간 참이었다. 산 너머 상인의 아들이라는 남가는 종종 집에 다녀왔다. 돌아올 때마다 고기며 솜옷이며 등에 짊어지고 왔다. 어째서 나는 안 되고, 남가는 되는가. 앉은뱅이를 등에 지기엔 남가의 뼈가 튼튼하지 않기 때문일까. 그렇다면 앉은뱅이의 지게는 평생 내 몫이란 말인가. 지게를 짊어지게 하려고 비전을 물려주지 않으면 어떡하나. 스승이 말하는 '때'란 그가 세상을 하직하는 때일지도 모른다. 비전의 주인이 죽기만을 소원하면서 앉은뱅이의 다리가 되어 살 수는 없었다. 그럴 수는 없는 일이었다. 결심이 확고해졌다. 칼을 뽑아야 할 때 머뭇거리는 자는 검객이 아니라고 배웠다.

문제는 앉은뱅이 스승의 목침을 훔치는 일이 왕의 목침을 훔치는 일보다 어렵다는 사실이었다. 그는 노상 목침을 가까이 두었다. 방에서는 늘 목침을 베고 누웠다. 뒷간에도 가지 않고 나에게 요강을 비우게 시켰다. 지게에 올라탈 때는 보퉁이 속에 목침을 집어넣었다. 비전은 풍문대로 목침 안에 숨겨져 있는 게 분명했다. 그렇다고 스승의 머리를 치고 목침을 뺏을 수는 없는 노릇이었다.

목침만 훔칠 수 있다면, 그럴 수 있다면 비전을 연마하는 과정은 어렵지 않을 거였다. 정과 살던 오막살이로 돌아가 비술을 익혀도 될 일이었다. 지게를 등에 지지 않고 정이 지어주는 더운밥을 먹으며 한줌의 모래로 적의 눈을 멀게 하는 법을 익힐 것이었다. 소리 내지 않고 기왓장 위를 달리는 법을 연마할 것이었다. 기다릴 시간이 없었다. 복수가 언제까지나 나를 기다려주지는 않을 것이었다. 미궁 안의 늙은 재상이 스스로 죽게 버려둘 수는 없었다.

ㅊ. 절름발이 백발 자객

크크크 큭 크.

웃는 듯 우는 듯 기괴한 소리가 눈 덮인 마당을 쓸고 지나자, 반듯한 천의 칼날마저 움찔거렸다. 구경꾼들이 몰려와 미궁 담 위에 줄지어 앉았다. 먹물같이 검은 까마귀떼였다.

—아기는 칠삭둥이였어. 뱃속의 아이를 없애겠다고 배를 조르고, 간장을 먹고, 약을 마셨더니 일곱 달 만에 애가 나왔어. 뱃속에 있기 겁이 나 빨리 나왔나보지. 여자는 아들을 원하지 않았어. 몰래 몸을 훔친 자에게 주고 싶지도 않다고 했어. 그래서 속였던 거야. 속이기 위해 미궁 안에서 입을 다물어버렸어. 아비인 줄 모르고 아비라 부른 자식이나, 천리를 거스르고 자식을 환관으로 만든 아비나 어리석기는 매일반이라……

백발 자객의 말문을 재상이 막았다.

—거짓말. 그럴 리 없다. 내 핏줄일 리 없어. 환관은 네 새끼라고.

여자가 낳아가지고 온 자식이었다고.

　—믿지 않는 게 너한텐 이롭겠지.

　커억 컥. 백발 자객은 말끝에 검붉은 침을 내뱉었다. 해야 할 말을 토해놓았으면 속이 후련해야 할 텐데, 목이 달아난 뒤에도 기뻐서 껄껄 웃어야 할 텐데, 아무것도 달라지지 않은 느낌이었다. 아직 더 해야 할 말이 있던가. 남아 있는 어떤 말이?

　자객은 여자가 목을 매달기 전 몰래 보낸 연통에 관해 결코 얘기하지 않을 거였다. 여자의 편지는 북방의 모닥불에 던져져 재로 변했고, 그의 답신 역시 미궁 안쪽에서 마찬가지로 사라졌을 게 틀림없었다.

　—아이를 점점 미워하게 돼요. 아이와 함께 있는 게 지옥이에요. 어린아이가 집요하고, 나를 볼 때마다 원숭이같이 웃음을 지어요. 나는 어쩌면 좋아요. 나쁜 꿈을 꾸다 깨서 아이 목을 조를까봐 무서워요. 아이가 더 크면 누구를 닮게 될까요. 만일 아비의 얼굴을 닮으면 어떡하나요. 그가 아이의 낯을 보고 묻는 날이 오면 뭐라고 거짓을 말해야 하나요.

　여자는 아이에 대한 얘기만 적고 있었다. 국경에 부는 북풍에 대해서는 묻지 않았다. 적들이 날리는 화살에 대해서도 묻지 않았다. 사내는 그것이 싫었다. 그는 지나치게 잦은 죽음을 목도해야 했고, 더이상 잘 웃는 청년으로 살 수 없었다. 웃음은 저 혼자 사라지려 들지 않았다. 웃음과 함께 구덩이에 묻은 것들이 한둘이 아니었다. 그는 추위에 곱은 손을 모닥불에 녹이고 답신을 적었다.

　—죽어. 죽어버려. 뭘 보려고 아직까지 살아 있어. 원수를 갚고 싶다는 말이 진심이면 증명해봐. 아이를 죽이지 말고, 비밀을 삼키고 죽

어버리라고.

이제 머리가 하얗게 세어버린 자객은 마당의 핏자국과 구덩이와 '목소리'까지 죄다 덮고 있는 흰 눈을 응시했다. 그 흰빛이 너무 뻔뻔해서 늙어빠진 눈이 조금 시렸다. 자객의 탁한 눈동자 속에는 그가 읽은 글자와 그가 적은 글자가 문신같이 또렷이 새겨져 있었다. 비밀은 이제 자객의 눈동자 안에만 남아 있었다.

전서구 다리에 쪽지를 매달아 보내놓고, 다음날 사내는 후회했다. 그렇지만 날려보낸 비둘기를 되돌려올 방법은 없었다. 날려버린 비둘기의 날개를 부러뜨릴 방법이 없었다. 그의 말대로 여자는 불붙은 장작보다 뜨거운 비밀을 삼키고 목을 매달았다. 그는 오백 번 후회했고, 오백 번 웃었고, 오백 번 울었다. 그다음에 남은 몫은 웃음도 울음도 아닌 복수심 한 가지였다.

사내는 죽은 여자의 얼굴보다 공막의 얼굴을 더 또렷하게 기억했다. 평생토록 머리를 숯가마에 넣은 채 살았다. 그의 눈꺼풀 안쪽은 불붙은 듯 뜨거웠고, 귓속은 기억이 타다 남은 재로 메워졌다. 뜨겁고 검은 어둠이었다. 증오를 지팡이 삼아 걷다보니 어느 날 절름발이가 되어버렸다. 절름발이가 되었다고 죽은 여자를 살려올 수는 없었다. 삶은 되돌릴 수 있는 것이 아니었다. 되돌릴 수 없는 삶이래도 그만 살 수는 없었다.

—여자가 목을 매단 건 내 탓도 아니야.

자객의 중얼거림 역시 재상의 귀에 가닿지 않았다. 자객도, 재상도, 각자의 말을 했다. 저마다 오래 삭인 말을 낮게 내뱉었다. 과거에 그랬듯이 서로의 말을 듣지 않았다. 그들은 서로 다른 '목소리'로 말

했다. 그러나 그 '목소리'는 실상 한갈래였다. 울음이 저 대신 빌려온
'목소리', 그것이었다.

ㅈ. 명
―태어날 때 얼굴에 피가 묻은 소년

입동(立冬)이었다. 바람이 더 매서워지기 전에 집으로 돌아가야 했
다.

나는 미리 짐보따리를 싸서 개울가에 숨겨놓고, 아궁이며 바싹 마
른 지붕이며 군데군데 불을 붙였다. 불은 내 편이었다. 불이 시원하게
타올랐다. 낮은 담 뒤에서 몰래 지켜보고 있었더니, 아버지, 하고 고
함치는 소리가 들렸다. 송가가 건넌방에서 나와 안방으로 뛰어들어갔
다. 낮잠 자던 앉은뱅이를 등에 업고 바깥으로 빠져나갔다. 내가 어디
있는지는 찾아보지도 않았다. 내 이름을 부르지도 않았다.

아버지라니. 송가가 스승의 아들이었던가. 스승의 성은 양이라고
하지 않았던가. 그들이 부자 사이라니 믿어지지 않았다. 무슨 이유로
스승과 제자로 속였을까. 순간, 발밑에 밟고 있던 죄책감이 달아났다.
나에겐 아버지가 없었다. 남의 아버지를 걱정해줄 여유 따위 없었다.

젖은 이불을 머리와 등에 뒤집어쓰고 연기 속으로 뛰어들었다. 문

지방을 넘자 스승이 수족처럼 가지고 다니던 목침이 방바닥에 내버려져 있었다. 나는 불붙은 천장이 내려앉기 전에 재빨리 목침을 들고 빠져나왔다. 주지 않는다면 빼앗는 게 마땅했다. 나는 비전을 물려받을 자격이 있었다. 죄가 아니었다. 공짜로 가져가는 게 아니었다. 몇 번이고 목구멍 안쪽에서 중얼거렸다.

목침은 짐작보다 가벼웠다. 개울가로 뛰어가 숨겨놓은 보따리에 목침부터 쑤셔넣었다. 젖은 이불을 뒤집어써서 겉옷이 젖었지만, 불똥에 크게 덴 데는 없었다. 추위 속에 젖은 옷을 갈아입을 경황도 없이 산을 타고 내려가기 시작했다. 마음이 급해서, 아니 앉은뱅이를 지게에 지지 않고 내려가는 길이라 발이 빨랐다. 입술 사이로 뜨거운 김이 새어나왔다. 누구도 뒤를 쫓아오지 않았다. 앉은뱅이에게 갑자기 발목이 자라나 쫓아올 것도 아니었다. 내 칼이 아무리 무디다 한들 잠만 자는 송가는 상대가 못 되었다. 혹여 스승이 분신술을 써서 바람을 타고 쫓아온다면 목침에 불을 붙여 나도 죽고 비전도 재로 만들 셈이었다. 불에 타 죽으며 비전을 가져갈 작정이었다. 한참을 달려내려오다 문득, 목침 안이 궁금해서 견딜 수가 없었다. 어느 누구도 보따리 안에 든 목침을 빼앗아갈 수 없다는 생각을 하자 등에서 땀이 식었다. 나는 허리 굵은 나무 아래 멈춰 섰다. 반석을 골라 걸터앉았다. 손때가 묻어 반들반들한 목침을 요리조리 뜯어보았다. 깔고 앉은 바위 위에 목침 모서리를 세게 내리쳤다. 한 번, 두 번, 세 번. 어그러진 목침의 뱃속에서 창자처럼 책이 비어져나왔다. 그것의 주인은 나였다. 얼굴 없는 자객의 아들이었다.

비전. 앉은뱅이의 다리가 돼주고, 팔이 돼주고, 도둑이 되어 훔쳐낸 비전이었다. 나는 이것에 명운을 걸었다. 내 복수의 길이 검은 먹물로 새겨져 있을 거였다. 이 안의 글자와 그림이 몸을 빠른 새처럼 띄워줄 것이며, 미궁 안의 어둠으로 직진하게 이끌어주리라. 과거를 되돌리는 일은 시간문제였다. 나는 바짝 마른 나뭇잎들이 사각대는 소리를 들으며 비전을 펼쳤다. 흰 종이에 먹물로 그려진 그림을 골똘히 내려다보았다. 그림들은 비밀스러웠다. 한 장, 한 장, 종이를 넘겨보면 볼수록 어려웠다. 숲속, 뿌리와 열매가 제각기 다른 나무들이 가지를 뻗어 서로 팔을 비벼대는 소리가 요란했다. 그 소리는 울음소리 같기도 하고, 웃음소리 같기도 했다. 떠나온 숲에서 자주 듣던 '목소리'는 아니었다.

비비비 비—

비비빗—

비비비—

혹— ㅎㅎㅎㅎㅎ—

들려오는 소리를 참지 못하고 책등을 갈라 쭉 찢었다. 교성이 멎었다. 검은 먹물로 그린 그림을 알아볼 수 없게 책장을 갈기갈기 찢어버렸다. 비전은 세상에서 사라졌다. 책의 내용을 아는 사람은 앉은뱅이와 나, 둘만이었다.

눈을 꼭 감고, 미궁 담을 넘어 어둠에 칼날을 꽂는 자객을 상상했다. 검은 두건 쓴 자객이 되어 기왓장 위를 빗방울보다 가볍게 달리던 꿈이 오늘은 잘 기억나지 않았다. 감은 눈꺼풀 사이로 뜨듯한 것이 흘러내렸다. 곳간의 어둠에서 빠져나온 날부터 내 운명은 복수에 삼켜져버렸다. 아버지를 위한 복수인지, 정을 위한 복수인지, 나 자신을 위한 복수인지, 분간조차 어려웠다. 분명한 건 복수의 대상, 한 가지였다.

비전의 그림 속에서는 복수의 대상을 찾을 수 없었다. 원수의 얼굴을 대면할 수 없었다. 목침 안에 숨어 있던 자들은 맨몸을 뒤얽은 이름 모를 여자와 남자들이었다. 그들은 한통속으로 몸을 섞고 있었다. 찢어발긴 춘화 조각 위로 맑은 눈물이 툭 떨어져내렸다. 그다음엔 누구의 얼굴도 보이지 않았다.

속았다. 속고 살았다. 무궁산에 미궁 담을 넘을 묘안은 없었다. 비전 같은 건 애초에 있지도 않았다. 비밀은 비밀을 믿고 싶은 자의 마음속에만 존재했다. 나는 내려온 길을 되짚어올라가기로 마음먹었다. 기다림의 시간을 보상받고 싶었다. 삶을 되돌려받지 못한다면, 복수로 갚아줄 생각이었다. 그것만이 과거를 위로할 방법이었다. 거짓말쟁이에게 앙갚음을 해야 했다. 앉은뱅이는 스승이 아니었다. 복수의 대상은 잠시 바뀌어도 상관이 없었다. 안 그래도 나는 복수에 오래 주려 있는 자였다.

올라가는 길은 내려온 길보다 조금 더뎠다. 서둘러 산길을 오르는 동안, 그간 들리지 않던 '목소리'들이 한꺼번에 다가왔다. 나는 웅성거리는 소리를 디더 밟으며, 내 운명에 대해 되짚어보았다. 태어날 때 얼굴에 피가 묻으면 살인자가 될 팔자라고 했던가. 살인자가 될 줄은 알았어도 누구를 죽이게 될지는 몰랐다. 어쩌면, 귓속에서 와글거리는 쇳소리를 잠재우기 위해 방물장수가 된 고모같이 국경을 떠도는 객이 될지 모른다는 예감에 귀가 시렸다.

집으로 돌아가면 정에게 내 복수에 대한 이야기를 들려주어야 할까. 아무래도 정은 모르는 게 나을 것 같았다. 정을 실망시키고 싶지 않았다. 정이 꿈속에서 날마다 침을 꽂는 자가 아니라 다른 자를 죽였다는 사실을 알면 절망할 거였다. 살아야 할 이유를 찾지 못할지도 몰랐다. 오늘 일은 죽는 날까지 비밀로 할 셈이었다.

거짓은 때로 진실보다 몸이 더웠다.

나는 등에 아무것도 지지 않아 가벼운 몸으로 안개 낀 산길을 뛰어올랐다. 빨리 나는 새처럼, 사무치는 울음소리처럼 산등성이를 넘었다. 갈 길은 아직 멀고, 해가 저물어갔다.

0. 벙어리가 쓴 이야기책

　미궁 안으로 들어온 후 처음으로 재상은 울고 싶었다. 울음은 고향을 떠나오던 날 진작 말라버린 줄 알았는데, 그게 아닌가보았다. 울음은 원망만큼 명이 길었다. '목소리'만으로는 다 토해낼 수 없는 무엇이 목구멍 아래쪽에서 덜거덕댔다. 이물감에 숨통이 막혔다. 대들보에 목을 매달면 이렇게 숨이 막히는지 죽은 여자에게 물어보고 싶었다.
　—거짓말이다. 죄다 거짓부렁이야. 내 아들일 리 없어. 나를 속이려고 지어낸 말이지? 그렇지? 응? 여자는 옛날부터 나를 속이기만 했어. 울음을 좋아하는 척, 속였었어. 아무리 애써도 날 죽이지 못하니까, 별별 수를 다 쓰는구나, 응? 그렇겐 안 된다. 안 돼! 모두들 날 속이려 들지만 소용없어. 누구도 속일 수 없어! 간교한 것들! 달걀 같은 것들!
　미궁의 주인은 악을 썼다. 팔이 잘린 자객의 피투성이 어깨를 움켜쥐고 흔들었다.

―의붓아들이 내 핏줄이었다고? 전남편에게서 낳아온 자식인 줄
알았더니 거짓말이었다고? 세상천지에 원수의 말을 믿는 바보가 어
디 있단 말이냐. 나는 나에게 목숨 바치는 사람조차 의심하는 인간이
란 말이다! 두 번 다시 속지 않기 위해 외톨이로 살아왔다고!

재상은 빨간 눈을 희번덕거렸다. 뺨을 에는 찬바람에도 아랑곳없이
긴 인중 위로 땀이 송골송골 맺혔다.

그는 자부하는 바와 같이 의심이 많아 거짓말도 잘하는 자였다. 세
상 사람들은 노루사냥에서 허리가 꺾여 죽은 아들이 재상의 유일한
핏줄인 줄 알았으나, 이는 사실과 달랐다. 아들은 웃음만 헤픈 두번째
첩이 관리와 간음하여 낳은 사내아이였다. 제 자식이 아닌 줄 알면서
도 모르는 척 아들로 삼아 기른 데는 그만한 이유가 있었다. 너그러운
사내여서가 아니었다. 두번째 첩을 아껴서도 아니었다. 재상은 누구
보다 강한 자가 되고 싶었다. 밤마다 귀신들에게 괴롭힘을 당하든 그
렇지 않든 그의 꿈을 들여다보는 산목숨은 없었다. 강한 자가 아니더
라도 강한 자로 보이는 게 중요했다. 아들조차 얻지 못한 사내라면 온
세상이 얕잡아 볼 게 뻔했다. 미궁의 주인은 자신의 안위를 위해 가짜
아들을 세워두었고, 때문에 아들이 자기 대신 죽고 난 뒤에도 눈물 흘
리지 않았다. 오히려 멍청한 녀석이 아비 자리를 엿보기 전에 죽어주
어 다행이라 여겼다. 관을 등지고 웃었다.

뒤늦게 열두번째 첩이 데리고 들어온 사내아이도 마찬가지였다. 기
생이 낳은 아기의 아비가 누구인지는 씨를 받은 기생도 알지 못하리
라 생각했다. 그렇지만 가짜든 진짜든 미궁 안에는 사내아이가 필요
했다. 우렁찬 아기 울음소리가 요긴하게 쓰였다. 그것이야말로 재상

이 질서를 유지해온 방편이었다.

세번째 첩이 죽은 뒤로, 재상은 세상을 속여온 쪽이 자신임을 의심치 않았다. 그는 속이는 데 능했고, 속일 때마다 만족감을 느꼈다. 속여서 재물을 얻었다. 자리를 훔치고, 목숨을 빼앗았다. 자꾸 속이다보면 참과 거짓이 헷갈릴 때도 있었지만, 상관없었다. 속이고 의심하고 속이고, 좁은 고독 속에 살았다. 고독한 자가 살아남는 방법은 역시 아무도 믿지 않는 것이었다. 미궁을 둘러싼 동그란 담을 따라 의심과 고독이 뱅글뱅글 손을 맞잡고 돌았다.

그 고독이 의붓아들을 환관으로 만들었다.

—네 말 따위 누가 믿는단 말이냐. 넌 원래 나를 시기했어, 재주가 나보다 못해서. 넌 이름난 가문에 태어나 거지가 된 놈이다. 내 발가락 하나 물어뜯을 수 없어. 난 옛날의 공막이 아니라고. 나를 봐. 나는 염나라의 재상이다!

재상은 천의 칼을 빼앗아 자객의 어깨와 백발을 내리쳤다. 왼팔마저 잘라내고, 목뼈 사이에 칼날을 쑤셔넣었다. 검은 피가 덩어리져 튀었지만, 추위에 꽁꽁 얼어붙은 늙은 몸은 쉽게 숨이 떨어져나가지 않았다. 칼날조차 앞으로 나아가지 않으려 자꾸 고집을 부렸다. 재상은 모두가 한패라고 생각했다. 대들보에 목을 맨 여자도, 백발이 되어 나타난 사내도, 환관이 된 그들의 자식도, 칼잡이 천도. 지금은 천의 칼마저도 한동속이 되어 자신을 애먹이려 들었다. 속이는 입을 빨리 찢어발겨야 했다. 다시는 속이지 못하게 입술을 자근자근 다져 죽여야 했다. 무엇보다 재상을 견딜 수 없게 만드는 건 곧 숨이 끊어질 사내, 자신이 베고 있는 사내가 죽은 여자를 먼저 만나게 되리란 예감이었다. 귀신이 되어서라도 그들이 재회한다면 싫었다. 그러라고 보내는 저승길이 아니었다. 시기심이 재상의 어깨를 떨게 했고, 칼 든 손을 머뭇거리게 했지만, 그렇다고 멈출 수는 없었다. 울음을 모르던 사내를 살려둘 수 없었다. 그가 아니었다면, 그가 없었다면, 완전히 다른 삶을 살았을지 모른다고 재상은 진심으로 탓하고 싶었다. 그런 원망을 하고 있으려니, 자신의 삶을 빼앗아간 장본인이 눈앞의 사내인 듯 싶었다.

—죽어! 죽어버려!

—안 믿는대도…… 상관없어. 죽는 날까지, 넌, 의심 속에…… 살게 될 테니.

눈밭 위로 돌돌돌 굴러간 백발 자객의 머리통은 느리게 마지막 말을 내뱉었다.

—너는…… 누가 뭐래도, 공막이다.

ㄴ. 재상
—귀신에게 다리를 베어먹히는 사내

미궁 담을 넘어 들어온 절름발이 백발 자객이 눈밭에서 베어진 뒤, 재상을 찾아오는 귀신의 수는 하나 더 늘었다.

늙은 재상보다 더 늙은 왕은 긴병을 앓다 세상을 떠났다. 곡소리가 오래갔고, 새로운 왕이 받들어졌다. 허울밖에 없는 왕위를 이은 사내는 왕의 백치 아들이었다. 죽은 왕에게도 똑똑한 아들이 없지 않았으나, 그들은 일찍 죽임을 당하고 백치만이 남았다. 왕의 아들들은 늙은 아비의 자리를 노리고 반란을 도모한다는 의심을 사 죽고, 이웃나라와의 전투에 앞장섰다 죽고, 재상을 비롯한 정적들의 모함으로 마른 우물에 갇혀 죽었다. 미움을 받지 않는 왕자는 백치 하나였다. 적들은 백치만을 사랑했다.

과거에 왕의 죽음을 가장 바란 사람은 다름 아닌 재상이었다. 왕이 병을 앓기 시작했을 때 약에 독을 넣도록 시킨 사람도 재상이었다. 그러나 왕은 독 탄 약을 먹고도 죽지 않았다. 그는 계모와 정적들에게 둘러싸여 자란 사람이었고, 어릴 적에도 여러 번 죽을 고비를 넘겼었다. 독을 먹고, 해독약을 먹고, 독을 토하고, 해독약을 삼키고…… 똑같은 일을 반복하는 사이 왕의 몸은 중독되었다. 독에 대한 내성도 생겼다. 웬만한 양의 독으로는 숨이 끊어지지 않았다. 재상의 실수는 장지문 안의 비밀에 대해 무지했다는 거였다.

그러나 왕의 투병이 지루하게 길어지면서 재상도 변했다. 왕위에 대한 욕심을 천천히 잃어버렸다. 그는 갖고 싶은 것이 원할 때 오지 않고, 필요 없어진 다음에야 오는 이치가 얄궂다고 생각했다. 늙은 재상이 원하는 것은 더이상 왕위가 아니었다. 그가 갈망하는 한 가지는 따로 있었다. 재상은 비밀을 고백할 누군가가 필요했고, 그래서 혀가 잘린 아홉번째 첩을 찾았다. 세월이 물러 곰삭도록 찾지 않았던 첩에게서 과거처럼 이야기를 들을 수는 없었으나, 그가 그녀에게 이야기를 들려줄 수는 있었다. 재상은 그녀의 좁은 방이 어쩐지 익숙하게 느껴져서 비밀을 털어놓았다. 지난날 이야기를 들려주는 사람이 아홉번째 첩이었다면, 이제 이야기를 들려주는 사람은 늙은 재상이 되었다. 두 사람의 자리가 바뀌었다.

재상이 벙어리에게 토막토막 이야기를 들려주는 사이, 세상은 반란과 '목소리'로 들끓었다. 이웃나라의 병사들이 땅을 야금야금 뺏어 먹어 나라가 작아졌다. 염나라는 뒤집어놓은 밥그릇 모양으로 남았다. 땅 위는 자객들의 세상이었다. 백치 왕을 만나러 말을 타고 미궁 밖으로 나간 날, 재상은 궁 앞에서 쇠도끼를 휘두르는 자객을 만나 옷자락이 잘렸다. 다행히 재상은 부쩍 말라 몸보다 겉옷이 훨씬 컸다. 도끼날에 비단만 잘려나가고 살갗은 멀쩡했다. 긁힌 자국조차 생기지 않았다. 벼슬아치는 실패한 자객의 몸을 본보기 삼아 저잣거리에서 토막 낸 뒤 기름을 짜내어 멀리 남번국(南番國)으로 보냈다. 저잣거리의 상인들은 남번국으로 보낸 기름이 값비싼 도자기를 굽는 데 쓰일 거라고 수군댔다.

어느 비 오는 밤은 도롱이를 입은 두 명의 자객이 다리가 긴 죽마를 타고 나란히 미궁 담 위에 올랐다. 자객들이 날린 화살과 표창은 날래고 강했다. 밤공기를 가른 화살은 재상의 어깻죽지를 찔렀고, 연달아 날아간 네 개의 표창은 칼잡이 천의 칼날과 맞부딪쳐 파열음을 냈다.

추―

추―

추―

추우―

재차 날린 화살마저 천의 칼날에 튕겨나가자 두 명의 자객은 도망을 쳤다. 담 밖에 대놓았던 죽마를 타고 콩콩 콩 달아났다. 사라진 자객의 이름도 성도 알아내지 못했다. 추― 추― 추― 소리만 공명처럼 밤새 장지문 안에 남았다 사라졌다.

재상의 명줄이 간당간당할 때마다 천의 칼이 목숨을 구했다. 인중이 긴 재상은 명을 타고났고, 염나라에 천을 능가할 자객은 아직 없었다. 물론, 재상이 칼잡이 천에게 목숨을 구해주어 고맙다고 말한 적은 한 번도 없었다.

세상은 낮도 밤도 변해갔지만, 재상을 찾아오는 귀신들만은 변함이 없었다. 그들은 꾸준했다. 재상은 여전히 혼자 잠자리에 들었고, 새로운 부적을 만들어 붙였다. 귀신들에게 다리를 베어먹히며 그들에게 말을 건넸다. '목소리'를 잃은 그들은 말을 하지 못했지만, 들을 줄은 알았다. 재상이 말을 걸면 대답은 안 해도 물어뜯는 일은 멈추었다. 재상이 말을 멈추면 또다시 무릎을 깨물어 먹었다. 재상은 악귀들이 미웠으나 어쩔 수 없었다. 입 있고 살아 있는 자들은 하나같이 귀가 밝고, 말이 많았다. 입 없는 귀신들과 벙어리만이 속을 털어놓을 존재가 되었다. 귀신들은 목적이 하나여서 단순했다. 재상의 다리를 먹는 일 외에는 다른 욕심이 없었다. 돈도 권력도 거래도 알지 못했다. 재상을 속일 줄도 몰랐다. 매일 밤 잠만 들면 찾아오는 그들이 때로 익숙하게 느껴지기도 했다.

─모두들 나를 욕해. 앞에선 속살거리고, 뒤에선 빨리 죽어버리라고 고사를 지내. 혼자선 아무것도 못해 빌붙은 주제에. 내가 죽으면 또 어디에 달라붙을까? 썩은 통나무? 밥주걱? 엣헤헤헤헤. 아주 잔꾀만 부리고 입만 살았어. 내가 아, 하고 말하면 지들끼리 악, 아악, 으악, 호들갑을 떨어. 아, 의 뜻이 뭘까, 과연 뭘까, 머리를 맞대고 쓸데없이 입만 놀리다 늙어가는 것들. 눈알은 썩고, 주둥이만 남은 것들. 그것들이야말로 귀신들이다. 진짜 귀신!

얼굴 없는 귀신에게 복사뼈를 갉아먹혔을 때, 재상이 말을 건넸다.

─이것들아, 네 생각은 어때? 그렇지 않냐고?

귀신은 어깨를 움찔거렸다가 하던 일을 계속했다. 얼굴 없는 귀신은 기민했다.

─너희들이 자꾸 다리를 베어먹으니 나도 허기가 진다. 당장 고기만두를 쪄 올리라 할까. 고기만두 어때? 정말 맛있는데. 난 어렸을 때 만두를 실컷 못 먹어서 지금도 만두가 좋아. 산해진미도 필요 없어.

산해진미가 아니면 숟가락을 안 드는 척 까다롭게 구는 것뿐이야. 만두는 안 먹어? 내 다리밖에 안 먹어? 응?

한 귀신은 귀를 쫑긋댔고, 한 귀신은 입술을 달싹였다. 그러다 역시 바싹 마른 다리가 제일 맛있다는 듯 재상의 종아리를 잡고 늘어졌다. 사각사각 뼈 갉는 소리만 밤공기를 울렸다. 호롱불이 흔들렸다. 귀신들의 얼굴이 불빛에 어른거렸다. 홀쭉한 뺨에 검은 그늘이 졌다.

—그래. 더 먹어라, 이것들아. 미운 정이 더 무서워.

눈을 감고 다리를 뜯어먹히는 재상의 얼굴이 낮보다 편안해 보일 때도 있었다.

꿈이 밀려가고 날이 밝으면 재상은 남쪽으로 새로운 사령을 내려보냈다. 불로초를 찾으러 떠난 선단이 돌아오기를 기다렸다. 검은 바다를 건너간 배에서는 어떤 기별도 돌아오지 않았다. 전갈을 들고 간 수많은 사령 중 미궁으로 되돌아온 자도 없었다. 진실로 돌아오지 못하는 것인지 돌아오지 않는 것인지 알 길이 없었다.

재상은 아직껏 불로초를 맛보지 못했다. 불로초를 찾아 떠난 배를 기다리는 일이 그를 버티게 했다. 배의 귀환이 기약 없이 늦어질수록 재상의 명은 늘어났다.

자객들에게 복수의 기회는 남아 있었다.

ㄷ. 재상의 아홉번째 첩
— 이야기를 만드는 벙어리

그리고 재상의 아홉번째 첩은 더이상 팥죽을 입에 넣지 않았다. 재상의 의붓아들과 팥죽을 나눠 먹은 여름밤이 지나고부터 팥죽에서 단맛을 볼 수 없는 탓이었다. 팥죽에 숟가락을 넣어 뜨면 아주 진한 피 냄새가 났다.

그녀는 묽은 흰죽으로 속을 달래며 이야기를 적어내려갔다. 그것은 여름밤 재상의 의붓아들과 약속한 미궁에 대한 이야기였다. 심연은 자신이 아는 것과, 모르지만 알고 싶은 것, 그 모두에 대한 이야기를 낱낱이 적어내려갔다. 얼굴 없는 자객의 아내가 구덩이에서 쥐떼에게 갉아먹힌 뒤로도 이야기는 끝나지 않았다. 혀가 잘린 아홉번째 첩은 얼굴 없는 자객의 이야기만 먼저 적어 책으로 묶은 지 오래였다. 그 책을 얼굴 없는 자객의 아이들에게 전하는 일이 쉽지 않았지만, 아주 방법이 없지는 않았다. 이야기책은 한 권이 아니었다. 똑같은 내용의 이야기책 여러 권이 손에서 손으로 전해졌다. 책은 미궁 밖으로 나가 소문처럼 은밀하게 전해졌고, 그중 한 권이 쑥떡 보따리에 끼워져 장주사로 들어갔다.

이야기책은 여름밤의 약속대로 얼굴 없는 자객의 아이들에게 전해졌다. 약속은 진작 지켜졌지만, 이야기는 끝나지 않았다. 이야기는 길고 긴 창자처럼 꼬리에 꼬리를 물고 이어졌다. 이야기가 끝나지 않았으므로 재상의 아홉번째 첩은 미궁을 떠날 수 없었다. 이야기가 어떻게 끝나게 될지는 심연 자신도 알 수 없었다. 재상의 의붓아들이 미궁으로 돌아올 수 있을지 없을지에 대해서도 짐작할 수 없었다. 이야기책을 읽으며 뼈와 살을 불려간 얼굴 없는 자객의 아이들이 과연 복수할 수 있을지 그녀 또한 궁금했다.

재상의 의붓아들이 배를 타고 건너간 바다는 아주 검고 넓다고 들었다. 그는 사람 머리에 물고기의 몸을 한 반인반어가 산다는 바다를 건너 남쪽으로 남쪽으로 내려가야 했다. 불로초를 구하기 위해 목숨을 내놓은 자였다.

—어딘가 목숨을 구하는 자가 있으면, 어딘가 목숨을 내놓는 자가 있기 마련이겠지.

재상의 의붓아들을 배에 오르기 직전 만날 수 있었다면 필시 그런 말을 했으리라고, 심연은 혼잣속으로 생각했다.

—어딘가 곧 숨 끊어질 머리를 바닥에 눕히는 짐승이 있다면, 어딘가 찬 몸을 웅크려 알을 품는 새가 있겠지.

그러면 그렇게 말했으리라고.

그러나 미궁 안에서 산 자는 누구고, 죽은 자는 누구인가. 팥죽처럼 검붉게 끓어오르는 뜨거운 지옥 안에서.

152

그에게 묻고 싶지만 답을 들을 수 없어 그녀는 이야기를 계속 썼다. 재상의 의붓아들ㄱ이 바다를 거슬러 돌아온다면 들려줘야 할 얘기가 아주 많았다. 그것은 벙어리가 아니라도 말로 전하기 어려운 이야기였다. 그래서 그가 읽게 될지 아닐지 모르면서도 재상의 아홉번째 첩은 검고 차가운 먹물로 이야기를 적어내려갔다. 그것이야말로 기다림의 방법이었다.

/ 3장 /

책 속에서
복수에 대한 문장을 찾았던 사내

―오늘 새벽녘에 꿈을 꾸다 깼어. 아주 생생한 꿈이었지. 장에 갔다가 노파에게서 비단부채를 얻었어. 길몽이려나.

―부채?

―아주 고운 부채.

―부채를 활짝 펼쳤나?

―그랬다니까.

―그럼 흉몽이야.

―어째서?

―접힐 일만 남았잖아. 산꼭대기 올라서면 내려갈 일만 남은 거나 매일반이지. 본래 꽉 찬 건 부족한 것만 못한 법이라고.

―예끼, 뭘 안다고 떠들어. 해몽할 줄도 모르면서. 지금 재수 옴 붙었단 소리야?

―내가 물어봤나? 네가 물어봤지.

좀처럼 잠이 오지 않는 밤이었다. 아래층에 내려가 소변을 보고 복도를 지나다 보니 유가와 이가가 술상 앞에 마주앉아 말을 주고받았다. 정은 어느 틈에 내려왔는지 계단 밑에 쪼그려앉아 발톱을 깎았다. 여각에 숨어 사는 쥐들을 잡아먹으라고 어머니가 데려다놓은 암고양이가 그녀 맞은편에 앉아 눈을 밝혔다. 문안에 들여놨을 때만 해도 발소리에 놀라 달아나던 새끼였는데, 그간 쥐를 얼마나 많이 잡아먹었던지 몸이 크고 토실토실했다. 딸랑, 방울 소리와 함께 등에 죽마를 진 사내 둘이 문을 열고 여각 안으로 들어섰다.

— 쉬어 갈 수 있겠습니까?

앞서 들어온 사내는 어깨와 머리에 내려앉은 눈을 털며 물었다. 여독과 얼음이 잘게 박힌 목소리였다. 하녀가 종종걸음으로 나와 사내들을 방으로 안내했다.

— 왜 밤에 발톱을 깎아요? 밤에 발톱 깎으면 재수가 없다던데.

객들에게서 시선을 거둬들인 나는 정에게 물었다. 내게 그런 말을 들려준 사람은 어머니였다. 어머니는 미신을 자주 말하는 여자였다. 미신을 믿지 않았더라면 어머니의 운명도 달라졌을지 몰랐다.

여자는 오른손에 쇠가위를 든 채 내 얼굴을 올려다보았다. 마룻바닥 위로 그믐달처럼 흰 작은 발톱 조각들이 흩어져 있었다. 여자의 하얀 발등만은 푹 쪄낸 만두처럼 알맞게 도톰했다.

— 밤에 발톱을 깎으면 쥐가 물어간다면서요.

정이 입을 열었다.

— 그렇죠.

— 쥐가 훔쳐먹고 나랑 얼굴이 닮은 사람이 된다잖아요.

—그렇죠.

—몰랐어요? 쥐에게 밥을 주고 있는 거예요. 발톱 먹고 나랑 똑같이 생긴 사람 되라고.

—뭐요?

—발톱 먹고 사람이 된 쥐는 나처럼 약하지 않을 테니까요. 무엇이든 물어뜯고, 어디서든 달아나고, 끝까지 살아남을 테니까요.

꼬리와 팔을 둥글게 몸 안에 말아넣었던 암고양이가 미우-우우우- 하고 길게 울다가, 자리에서 몸을 일으켜 꼬리를 들어올렸다. 몸뚱이의 털들을 일제히 꼿꼿하게 세웠다.

정이 머리를 숙여 후- 하고 숨을 불었다. 발밑에 떨어졌던 발톱 조각들이 눈가루처럼 사방팔방 가벼이 날아갔다. 나는 발톱 조각이 눈동자를 찌를까봐 눈꺼풀을 감았다 떴다. 왼쪽 귓구멍 속에서 웅웅- 웅- 영문 모를 바람 소리가 울려댔다. 오라는 쥐들은 안 오고 암고양이가 혀를 내밀어 발톱 한 조각을 핥아먹고 달아났다.

문득 나는 정이 미쳤는지도 모르겠다고 생각했다.

—날마다 상 앞에 쭈그리고 앉아 책장만 뒤지면 복수가 이뤄지나요?

정이 내 눈을 쳐다보았다. 정의 눈은 물기가 많은 눈이었다. 물기가 많아 울 일이 많은지도 몰랐다.

—책 속의 글자도 모가 났냐고요. 둥근 것으론 아무것도 해칠 수 없잖아요. 쌀알만한 글자 속에 무슨 힘이 들었냐고요.

—그렇다면 당신은 왜 이야기를 들려줬나요? 이야기를 좋아한다고 하지 않았던가요?

―이제는 믿지 않아요. 이야기를. 이야기는 내게 해준 게 없어요. 이야기만으론 아무것도 할 수 없다고요.

―그런가요? 하지만 세상엔 부드러움으로 강함을 이기는 문파도 있다더군요.

―눈으로 보지 못한다면 믿을 수 없어요. 당신은 복수하기 위해 책을 읽나요, 아니면 용서하기 위해 읽나요? 네? 복수가 아니라 용서 아닌가요, 당신이 기다리는 건? 네? 네?

나는 비난받는 것에 익숙지 않았다. 또한 화를 내는 것에도 익숙지 않았다.

―복수의 방식은 저마다 다른 겁니다. 당신이 뭘 안다고 남을 비난합니까.

―겁쟁이! 쓰지도 못할 칼만 가는 인간이나, 책 속에서 남의 복수만 찾는 인간이나 다 똑같아!

정이 악을 썼다.

미쳤다. 이 여자는 미쳤다. 죄다 미친 소리다. 간절함이 지나치면 미칠 수도 있는 법. 국경을 넘나드는 바람 소리가 귓구멍을 찔러 귓속이 시렸다. 오한이 들었는지 몸이 떨렸다. 나는 아직 저만큼 미치지 않았음을 다행이라 여겨야 할까. 미친 여자에게서 가위를 뺏어야겠다.

여자가 발광하는 소리를 듣고 여각에 묵고 있던 사람들이 방문 밖으로 얼굴을 내밀었다. 여독으로 누렇게 뜬 그들의 낯은 들짐승을 닮았다.

―한밤중에 미쳤냐! 잠도 못 자게. 여기가 술집인 줄 알어!

160

─주인 어딨어, 저런 경을 칠 년, 안 내쫓고 뭐해!

이웃나라에 넘어갔다 보름에 한 번 들르는 소금장수 장가가 튀어나와 목청을 높이자, 술이 거나해진 유가와 이가까지 끼어들어 이때다 하고 욕을 해댔다. 사내들은 제 것이 못 될 여자에게 유독 가혹해질 때가 있다.

─어디 악을 써봐. 쥐 한 마리 잡아먹지도 못하는 나약한 것들 주제에.

─뭐야, 이년이 정말 돌았나.

하녀가 뛰어나와 박달나무 밀대를 휘두르며 객들을 만류했으나 소용없었다.

─어, 어머니를 모셔 와.

나는 싸움이 싫었다. 여각에서 벌어지는 싸움에는 안주인이 있어야 했다. 어머니가 나서야 일이 해결됐다. 모든 일을 방관하기만 하는 아버지는 쓸모없었다. 하지만 하녀는 들은 척도 안 하고 내 얼굴을 째려봤다. 어머니에게 고자질을 안 했다고 아직껏 원한이 맺혀서 그러는 거다. 어머니가 솥을 엎어 팔을 뎄다고, 제 팔자를 어그러뜨렸다고 복수할 꿍꿍이만 하는 여자다. 여자들은 늙으나 젊으나 원한을 쉽게 잊지 않았다. 원한이 원한을 낳았다.

하루 동안 쌓인 노독을 약한 여자에게 풀려는 듯 장사꾼들은 정의 머리채를 휘어잡을 기세였다. 그러나 계단 위에서 명이 내려오자 차례차례 방문을 닫아걸었다. 싱겁기 짝이 없는 결말이었다. 여각에 머무는 객치고 술잔을 던져 나는 매를 잡고, 날숨으로 장지문을 뚫는다는 명에 대한 소문을 듣지 못한 자는 없을 거였다. 명은 정의 오라비가 아니라 아비라 해도 수긍할 정도로 지친 얼굴이었다. 입가에 법령이 깊이 패어 있었다. 무언가를 오래 참아온 사내의 표정이라면 나도 조금 아는 편이었다. 정이 들려준 말이 거짓이 아니라면, 그의 늙음은 매일 조금씩 독을 타 먹는 탓인지도 몰랐다. 먹물처럼 검고 쓴 독을. 혹시 그는 독이 침범하지 않는 몸을 갖기 위해서가 아니라 죽음을 앞당기기 위해 독을 먹는 자가 아닌지.

─원수놈의 간을 가져오라고. 그것만 먹으면 내 병이 나을 거래도! 내가 죽어야 길을 나설 거야!

명이 가냘픈 정의 몸을 등에 업고 계단을 오르는 동안도 정은 울음을 그치지 않았다. 울음소리가 어쩐지 익숙했다. 속이 텅 빈 내 몸통을 울려 나오는 소리처럼.

─어쩌자고 그러세요? 사람들 말대로 아주 미쳤나요?

옆에 서 있던 어린 하녀가 나를 탓했다. 무슨 소리인지 알 수 없었다. 정신이 나간 사람은 내가 아니라 정이다, 정, 복수에 들린 정.

하녀가 나를 노려보는 눈깔이 아주 빨갰다. 나를 여전히 원망하는 것 같기도 하고, 불쌍하게 쳐다보는 것 같기도 했다.

너, 내가 어머니한테 고자질할 줄 알았지? 안 한다. 안 해. 내가 일러바쳐서 어머니가 득달같이 무당집으로 달려갈 줄 알았지. 무당의 머리채를 잡고 나뒹굴 줄 알았지. 아버지에게 대들다 악에 받쳐서 삶은 고기를 썰던 칼을 입에 물 줄 알았지. 어머니가, 어머니가, 입으로 선지 같은 피, 피를 꿈틀꿈틀 토해내고 죽어버릴 줄 알았지. 네까짓 것이 아무리 물에 독을 타듯 오줌을 탄대도 나는 멀쩡하다. 온종일 책장만 뒤진다고 날 얕잡아 봤지, 이 못된 년아. 너 같은 것의 가벼운 입술이야말로 자근자근 도려내야 한다.

발톱을 핥아먹은 고양이 울음소리가 복도 끝에서 낮게 울려왔다. 그 소리는 마치 매우— 매우— 라고 읊조리는 듯했다. 정에게서 옛날 이야기를 들은 다음부터 자꾸만 웅웅— 웅— 바람 소리가 왼쪽 귓구멍을 찔렀다. 귓속이 시렸다. 골이 아프고 혀가 말라서 빨리 담배를 피우고 싶었다. 담배를 피우면 침이 돌고 귓속에서 울리는 이명이 잦아들 것 같았다.

—어, 어머니는 어디 갔어!

나는 하녀의 마른 어깨를 잡아 흔들었다.

—미쳤어. 골방에 틀어박혀 미쳤어. 내가 잘못했다고요. 차라리 나를 찢어 죽이라고 했잖아요. 죽은 사람을 어떡하라고요! 어디서 불러오라고요!

거짓말! 겉으론 살살 웃으면서 남의 염통을 쇠젓가락으로 쑤시려는 년. 못된 년. 내 속은 진작 간도 창자도 간데없이 팥죽같이 삭아버렸다.

나는 이명처럼 내 '목소리'가 울리는 귀를 양 손바닥으로 막았다. 흐느끼는 어린 하녀를 계단 밑에 남겨놓고 서둘러 계단을 올랐다. 방문을 열자 예의 책냄새가 콧속으로 부비고 들어왔다. 나는 방바닥에 앉자마자 화로를 끌어당겨놓고 궤를 뒤졌다. 나오라는 담배는 안 나오고 단도며 바둑돌 같은 것들만 손에 잡혔다. 사람 복사뼈를 갈아 만든 주사위가 도르륵 굴러나왔다. 당장 담배를 입에 물지 못하면 맥이 탁 끊어질 것 같았다.

그때, 손바닥만한 인형이 궤 밖으로 빠져나왔다. 나는 방바닥에 떨어진 인형을 집어올려 왼 손바닥 위에 놓았다. 가만 보니 짚으로 만든 제웅이었다. 제웅 몸에는 가늘고 작은 바늘이 깊고 촘촘하게 꽂혀 있었다.

*

눈이 흠뻑 내리고 난 다음날 집밖으로 나와 뒷산에 올랐다. 변소 외엔 방문 밖 출입을 거의 하지 않던 터라 마주치는 사람마다 흠칫 놀라는 기색이었다. 어둔 밤, 우물물을 길어올리다 두레박 속 검은 물에 죽은 어머니 얼굴을 비춰본 눈빛들이었다.

오늘도 명은 발목 위까지 눈이 쌓인 산중턱에서 무술을 닦고 있었다. 굵은 오동나무를 등지고 서서 팔을 활짝 벌리는 몸짓과 동시에 등을 나무에 부딪쳤다.

─허어, 허어, 허어.

그의 등이 나무에 쿵쿵 부딪칠 때마다 나뭇가지에 쌓였던 눈이 후드득 부서져내렸다. 떨어진 눈이 그의 머리와 어깨 위로 올라앉기도 했다. 눈가루가 눈꺼풀 안쪽으로 들어갔는지 명은 두어 번 도리질을 쳤다.

─지금 뭐하십니까?

내가 먼저 말문을 열었다.

─보시다시피 무공을 닦고 있습니다.

─어떤 종류의 훈련인가요?

─말로 설명해도 이해하기 어려울 겁니다. 일종의, 천인합일(天人

合一)의 경지에 이르는 과정이지요. 연마하기에 따라 최상의 경지에 다다를 수 있습니다.

명은 쉬지 않고 두 팔을 수평으로 뻗으며 등으로 나무를 밀어냈다. 고수의 훈련이라기엔 허술해 보였다.

—천인합일이라. 세상의 기를 어떻게 받아들이고 버리느냐, 정말 중요한 일일 것 같군요.

—그렇습니다.

—칼은 다 갈았다고 들었는데, 어째서 미궁으로 가지 않으십니까?

명의 등이 멈칫했다.

—복수는…… 언제고 할 수 있습니다.

명은 한참 뜸을 들이다 대답했다.

—언제든?

—네, 언제든. 죽이는 건, 어렵지 않아요. 중요한 건 그게 아닙니다.

—그럼 무엇이 중요할까요?

—나는 그것에 대해 아주 오랜 세월 생각해온 사람입니다. 복수는 어렵지 않아요. 중요한 건 그게 다가 아니라는 거죠. 나는, 용서하지 않기 위해 복수하지 않는 겁니다.

—용서하지 않으려고 복수하지 않는다? 무슨 말씀이신지 모르겠군요.

—내가 말했잖아요. 당신은 들어도 이해할 수 없다고. 이해하려고 애쓰지 말아요.

—그렇군요. 알겠습니다.

나는 걸음을 옮기다가 멈칫 발을 멈추었다. 등을 돌리자 명은 여전히 나를 바라보고 있었다. 마지막으로 그에게 한 가지를 물어보고 싶었다. 지금 물어보지 않으면 영영 묻지 못할 것 같아서였다.

—그런데 오늘 당신이 죽이고 싶은 사람은 누굽니까?

목소리를 높여 외쳤다.

짐작대로 사내는 아무 대답이 없었다. 그는 몇 걸음 뒤로 물러나 나무에 등을 기대고 섰다. 비로소 나무와 한몸이 된 듯 움직이지 않았다. 그가 웃고 있는지 울고 있는지는 멀어서 잘 보이지 않았다.

나는 명을 등지고 홀로 산을 내려왔다. 흰 눈이 쌓인 자리를 꼭꼭 골라 디딜 때, 앞으로는 나를 조금 덜 미워해도 좋겠다는 생각이 들었다. 눈길 위엔 오롯이 내 발자국뿐이었다.

*

눈이 녹고, 황보 남매는 여각을 떠났다. 사람이 죽었다고 했다. 죽은 자는 정이 노래 부르던 술집의 늙은 주인과 간부(姦婦)라고 했다. 배앓이를 하는 명태 같은 노인네가 정의 몸을 얻으려고 밀린 삯으로 실랑이하며 괴롭힌 지 오래였던가보았다. 아침에 술집 곁방에 들어간 심부름꾼 아이가 술집 주인과 간부인 무당의 시체를 발견했다고 했다. 명이 정을 데리고 남쪽으로 달아나는 뒷모습을 누군가가 목격했다는 말도 있었다. 여각에 묵던 장사꾼 중 몇몇은 정에게 꾸어준 돈을 못 받았노라 아우성쳤고, 또 누구는 정과 몰래 배를 맞췄더니 밤새 고양이 소리를 내며 좋아 죽으려 비비대더라고 킬킬댔다.

—늙은이에게 보시한 무당년은 무슨 죄야.

—무당이 저 죽을 자린 줄도 모르고 기어들어갔나?

—색이 급한데 무당인들 앞이 보이겠어?

계단 밑에서 허풍쟁이들의 음담이 길게 이어졌다. 태어날 때 안면에 핏방울을 묻혔다는 명은 고작 허리 굽은 늙은이와 무당을 살해하는 것으로 고단한 생을 마치게 될지 궁금했다. 누군가를 더 해칠 수 있다면 그가 앞으로 죽이게 될 자의 이름은 무엇일까. 그는 담과 담과 담으로 둘러싸인 미궁으로 스스로 길을 내어 들어갈 수 있을까. 마지막 숨이 끊어지기 전에 장지문 안쪽으로 칼날을 찔러넣을 수 있을까. 정의 발톱을 주워먹은 암고양이는 어느 밤 가죽을 벗고 사람이 될 수 있을는지.

명의 칼이 노인과 함께 무당을 베었다고 하니 앞으로 내 꿈에 무당이 나타날 일은 없을 것 같았다. 정은 언제 내 꿈속에 들어와보았던가. 꿈속에서 무당이 입에 식칼을 물고 죽는 광경을 엿보았나. 아니면 순전히 우연인가. 혹시 그들이 무당을 없애기 위해 노인을 함께 죽였는지 모르겠다는 생각도 들었다. 객들의 짐작처럼 노인 때문에 무당을 죽인 게 아니라, 무당 때문에 노인을 죽였는지 모르겠다고.

—우리가 이해하지 못하기 때문에 우연이라 말하는 거 아닌가요? 우연이 모이면 한 줄에 꿸 수 있고, 한 줄에 꿰어 이야기로 만들 수 있다면 필연이 된다지요.

정은 여각에서 난동을 부린 다음날 밤, 내 방 문지방을 넘어 들어왔다. 문지방을 넘고 살수처럼 조용히 방문을 닫아걸었다. 오늘밤은 제 손이 말을 듣지 않으려 드니 양 손목이 떨어지지 않게 긴 수건으로 묶어달라 부탁했다. 나는 정의 손목은 내버려두고 그녀의 눈꺼풀을 두 번 쓸어 눈을 감겨주었다. 이야기는 어둠 속에서도, 눈을 감고도 나눌 수 있기 때문이었다.

나는 팥죽처럼 검은 밤, 정이 책으로 둘러싸인 방바닥에 누워 속삭였던 말을 몇 번이고 떠올렸다. 자객이란 말을 입에 올릴 때마다 미묘하게 떨리던 목소리를 곱씹었다. 내 손가락으로 어둠 속에 더듬었던 맨몸, 종이처럼 차가운 그녀의 살갗에 대해서도. 그녀의 몸을 읽는 일은 벽장 안에 고이 넣어두었던 책을 다시 꺼내 읽는 일처럼 익숙했다. 정을 안고 설핏 잠이 들었다 깰 적엔 아픈 내 몸을 내가 안고 있는 느낌이었다.

정과 명은 지금 어디쯤 가고 있을까. 국경을 넘지 않고, 남쪽 길을 택했다니 드디어 미궁을 향해 떠난 건가.

황보 남매가 이곳을 떠났다는 말을 전해 듣는 순간, 나는 책을 덮고 일어날 때가 되었음을 직감했다. 어떤 일은 오래 준비했으나 때를 알지 못해 주저하기도 하고, 어떤 일은 비 오기 전 비냄새가 몸에 배는 것같이 자연스레 때를 알게 되기도 한다. 나는 방바닥 위에 깔아두었던 솜이불에서 홑청을 벗기고, 글자들을 적어놓은 두루마리를 한데 모았다. 홑청으로 두루마리를 둘둘 싸놓자 이불 보통이만했다. 글자를 적은 먹물이 이미 독처럼 몸에 스몄으니 봉인 풀린 두루마리는 텅 빈 백지나 마찬가지였다. 다락문을 열고 두루마리를 깊숙이 밀어넣었다. 이제는 몸에 스민 독을 텅 빈 백지 위에 반대로 토해놓아야 할 시간이었다. 더이상 웅웅거리는 바람 소리가 귓바퀴 밖으로 비어져나오지 않았다.

바람 소리가 멎자 여느 때와 다름없이 저녁밥을 먹는 객들의 분주한 소리가 계단 밑에서 울려왔다. 하녀에게 잔소리를 해대는 아버지의 목소리도 빠지지 않고 들렸다. 나는 그 모든 소리들을 귀로 받아내며 복수란 삶을 되돌려받고 싶은 자들의 것이지요, 라고 했던 정의 말을 육포 씹듯 오래 어금니에 물고 있었다. 나는 정이 분명 내 복수의 대상을 알고 있었으리라 믿었다. 그렇다면 정에게 증오의 대상은 칼날을 받아야 하는 자인가, 칼날을 꽂지 못하는 자객인가, 젓국처럼 짜게 삭아버린 기다림인가.

　손바닥을 펼쳐 가만가만 손금을 들여다보았다. 삼 년 동안 읽은 책 속의 부러진 칼날과 '목소리'들이 손바닥에 박혀 잔금을 내고 있었다. 책 속에서 어느 나라의 왕자는 왕의 자리를 빼앗기 위해 아비의 귓속에 대바늘을 찔러넣고, 왕은 의심이 깊어 왕자를 뒤주 안으로 몰아넣었다. 또 어느 국경의 사내는 처가 자진한 밤 첩을 찾아가 간부의 살에서 위안을 찾았다. 사내의 아들은 단도를 쥐고 그들이 잠든 방문을 열었으나, 차마 천리에 어긋난 짓을 하지 못해 제 다리를 꺾고 앉은뱅이가 되었다던가. 다음날 아침이 되자마자 앉은뱅이가 된 것을 후회한 사내의 아들은 골방에 숨어 칼날을 갈았다고 한다.

　이처럼 종이에 사무친 글자들은 뼈와 칼을 세워 원수를 갚거나, 혹은 복수를 꿈꾸었으나, 나는 자객들의 방식이 아닌 내 손금이 낸 길을 따라 복수를 행해야 한다는 걸 알았다. 하늘의 뜻이 이렇게 정해질 수도 있음을 나는 미리 알지 못했다.

　여각의 복도에 밤이 깊을 무렵, 나는 호롱불을 들고 문지방을 넘어 계단을 내려갔다. 복도 끝 방문은 잠겨 있지 않았다. 문을 열고 문가에 등을 내려놓았다. 관 속같이 어두운 방에 홀로 누워 있는 사내 앞으로 더듬더듬 다가갔다. 문소리에도 사내는 몸을 일으키지 않았다. 반듯하게 누운 몸이 말라, 솜이불 밑으론 아무것도 없는 것 같아 보였다. 벽 쪽으로 비켜서자 문가의 등불이 사내의 안면을 비췄고, 나는 쪼그려앉아 그의 얼굴을 내려다보았다. 나와 꼭 닮은 얼굴을 오래 들여다보았다.

살며시 검지와 중지를 펴 사내의 울대뼈 위에 내려놓았다. 눈꺼풀이 가볍게 떨렸으나 그는 눈을 뜨지 않았다. 숨을 멈췄다 다시 들이쉬면서 손가락을 뗐다. 그 짧은 시간 동안 어딘가 건너갔다 온 것처럼 숨이 가빴다. 꿈속에서 두건 쓴 자객의 뒤를 쫓아 지붕 위를 달리던 밤처럼. 사내에게 무언가 말을 하려다 그만두고 자리에서 일어났다. 호롱불을 거둬들고 방문을 닫자 안에서 밭은기침 소리가 들려왔다.

아버지는 인중이 긴 사람이므로 천수를 누릴 것이다.

밤이 지나자 아침은 약속대로 다가왔고, 나는 화로에 남아 있던 불씨를 재로 덮었다. 단출한 짐 보퉁이를 꾸리기 시작했다. 궤에서 꺼낸 쇠가위로 손톱과 발톱을 깎는 일도 잊지 않았다. 엿새가 지나면 춘분(春分). 낮이 곧 밤보다 길어질 테니 먼길을 떠나기에 좋았다. 나 역시 국경이 아니라 남쪽으로 길을 잡을 작정이었다. 미궁으로 향하는 길을 걷다가 어디쯤에서 정과 명을 만난다면, 정에게 꼭 해줄 말이 있었다. 그 말은 앉은뱅이가 책 속에서 찾은 글자가 아니었다. 재상의 아홉번째 첩이 쓴 이야기책의 한 구절도 아니었다. 그 말은 나만이 들려줄 수 있는 이야기, 누군가에게 살아갈 명분이 될 어떤 이야기였다. 나는 들려주어야 할 이야기를 깊숙이 품고 나서야 비로소 내 뼈와 같이 자라난 고독, 환관 같은 고독에서 벗어난 느낌이 들었다.

매우-- 매우--

내가 꿈속에서 수없이 불질렀던 복도 끝에서 고양이 울음이 낮고 길게 들려왔다. 나는 길 떠나는 날 객들이 지도를 살피듯 내 손바닥 안의 손금을 오래도록 들여다보았다.

작가의 말

할머니는 올해로 백 살이 되었다.

어릴 적 나는 허약한 아이라 공기놀이도 고무줄놀이도 제때에 배우지 못했다. 놀이의 법칙을 알지 못해 아이들의 세계에서 이방인이었던 내게, 할머니는 놀이 대신 이야기를 들려주었다. 옛날 옛적에 경성(京城), 마루에 둘러앉은 노인들이 화로에 알밤과 쇠고기를 굽고 담배를 태우며 나누던 이웃나라 이야기는 부엌에서 빈대떡을 부쳐나르던 며느리의 밝은 귀를 거쳐 밤잠 없는 아이에게로 왔다. 할머니는 나에게 이야기를 들려준 첫번째 사람이었다.

할머니는 내 증조부를 두고 이야기책을 정말 많이 읽은 사람이었다고 말하곤 했다. 이야기를 즐기는 건 우리 집안의 내력이었다. 이야기를 좋아해 모험을 꿈꾸었던 할아버지는 황금광에 투자했다가 땅을 날리고 월급을 차압당했다. 할머니는 "이야기를 좋아하면 가난해진다"고 탄식했지만, 빌려온 이야기책을 다 읽으려 밤을 새우던 아버지는 역사를 공부하는 학생이 되었다. 집안사람들이 이야기에 들려 있는 동안 누구도 횡재하지 못했다. 일가들은 대개 어린아이가 이해하기 어려운 삶을 살았다. 그들의 불가해한 삶을 상상하기 위해서는 다시 이야기가 필요했다. 내 어린 시절의 공간은 동네 아이들이 돌림노래를 부르는 대문밖이 아니었다. 할머니의 이야기를 듣다 잠이 드는 아랫목과, 할아버지가 수집한 박제가 서가 위에 올려져 있는 아버지의 책방이었다. 나는 어른이 되고 나서야 할머니가 1934년 신춘문예 당선자였다는 사실을 뒤늦게 알게 되었다. 할머니는 그 이후로 단 몇 줄도 쓰지 않은 채 글과 무관한 삶을 살아왔다는 사실 또한 건너들었다. 때늦은 물음에 할머니는 "나는 아무것도 쓸 줄 모르는 늙은이야. 기억도 안 나는 옛날 일이지"라고만 대답했다.

이 책은 지금까지 내가 듣고 읽어온 수많은 이야기와 함께 사마천의 역사서 『사기』에 일부 빚지고 있다. 소설 속 '얼굴 없는 자객'은 등장인물의 입을 빌려 짧게 언급한 바와 같이 「자객열전」에 기록된 '섭정'을 모티브로 한 인물이다. 내게는 도서관으로 논문 자료를 찾으러 들어갔다가 읽어야 할 문서는 읽지 않고 『사기』를 읽다 나오던 여름이 있었다. 그 여름이 지나고 2010년 가을 한 월간지에 원고지 85매의 소설을 발표했는데, 그것이 『옛날 옛적에 자객의 칼날은』의 시작이 되었다. 나는 단편소설 한 편을 완성한 뒤에 끝이라고 생각했지만, 끝이 아니었던 거다. 소설 속의 '미궁'에 갇혀 대문을 찾을 수가 없었다. 이야기 속의 이야기에서 짧게 호명했던 인물들이 번갈아 찾아와 제 이야기도 대신 들려달라고 고백했다. 나는 말이 가장 많은 인물을 화자로 한 연작 단편을 한 편 더 발표한 후에야 남아 있는 이야기가 너무 많다는 사실을 깨달았다. 장편소설로 써나가는 방법밖에는 없었다. 이야기의 시작은 작가의 몫이되, 이야기의 끝은 쓰는 이의 의지에 의한 것이 아니라는 진실을 나중에 안 셈이다.

결국 이 책은 꿈속에서 가파른 지붕 위를 달리던 자객의 독백만도 아니고, 오로지 전해 들은 이야기만도 아니며, 젓갈처럼 내 속에 오래 삭혀두었던 슬픔도 아닌 무엇이 되었다. 소설 속 이야기꾼 '심연'의 말처럼 이야기들은 전부 다르면서 같았기 때문이다. 밤과 낮의 경계를 참빗으로 가르마 가르듯 나눠놓을 수 없는 이치와 같았다. 이 이야기는 내 것이기도 하고, 내 것이 아니기도 하다. 어쩌면 이야기를 삼켜 제 피와 살로 만들 누군가의 것일 수도 있겠다. 그러니 이야기를 묶는 기쁨을 나 혼자 독차지한다면 공평한 일이 아닐 테다. 그럴 수 있다면 이 책이, 내가 아는 모든 이야기 속 인물들이 한때 존재했었다는 증거가 되었으면 좋겠다. 할머니는 입버릇처럼 죽고 나면 다 사라져버릴 부질없는 삶이라고 말했지만, 나는 생각이 달랐다. 누구든 자신만의 이야기, 들려줄 이야기를 가지고 있다면 의미 없는 삶이었다고 말할 수 없지 않을까. 나는 그 믿음을 증명해 보이고 싶었다.

2015년 봄
오현종

문학동네 장편소설
옛날 옛적에 자객의 칼날은
ⓒ 오현종 2015

초판인쇄 2015년 4월 16일
초판발행 2015년 4월 23일

지은이 오현종
펴낸이 강병선
책임편집 정은진 | 편집 김고은 김내리 유성원 황예인
디자인 윤종윤 유현아 | 마케팅 정민호 나해진 이동엽 김철민
홍보 김희숙 김상만 한수진 이천희
제작 강신은 김동욱 임현식 | 제작처 영신사

펴낸곳 (주)문학동네
출판등록 1993년 10월 22일 제406-2003-000045호
주소 413-120 경기도 파주시 회동길 210
전자우편 editor@munhak.com | 대표전화 031) 955-8888 | 팩스 031) 955-8855
문의전화 031) 955-3576(마케팅) 031) 955-8864(편집)
문학동네카페 http://cafe.naver.com/mhdn | 트위터 @munhakdongne

ISBN 978-89-546-3592-9 03810

www.munhak.com